CB006761

1ª edição | setembro de 2016 | 13 mil exemplares
2ª reimpressão | setembro de 2019 | 7 mil exemplares

CASA DOS ESPÍRITOS EDITORA
Rua dos Aimorés, 3018, sala 904
Belo Horizonte | MG | 30140-073 | Brasil
Tel.: +55 (31) 3304 8300
editora@casadosespiritos.com.br
www.casadosespiritos.com

EDIÇÃO, PREPARAÇÃO E NOTAS
Leonardo Möller

CAPA, PROJETO GRÁFICO E DIAGRAMAÇÃO
Andrei Polessi

ILUSTRAÇÃO DE CAPA
Zé Otavio

REVISÃO
Naísa Santos
Daniele Marzano

IMPRESSÃO E ACABAMENTO
Santa Marta

A QUADRILHA

Série A Política das Sombras

O partido, *vol. 1*
A quadrilha, *vol. 2*
O golpe, *vol. 3*

Dados Internacionais de Catalogação na Publicação (CIP)
(Câmara Brasileira do Livro, SP, Brasil)

Inácio, Ângelo (Espírito).
A quadrilha : o Foro de São Paulo/ pelo espírito Ângelo Inácio ;
[psicografado por] Robson Pinheiro . – 1. ed. – Contagem, MG :
Casa dos Espíritos, 2016. – (Série A política das sombras ; v. 2)

Bibliografia.
ISBN 978-85-99818-62-6

1. Espiritismo 2. Psicografia 3. Romance Espírita
I. Pinheiro, Robson. II. Título. III. Série.
16–06997   CDD – 133.9

Índices para catálogo sistemático:
1. Ficção espírita : Espiritismo 133.93

O Foro de São Paulo

pelo espírito
ÂNGELO INÁCIO

A QUADRILHA

ROBSON PINHEIRO

Os DIREITOS AUTORAIS desta obra foram cedidos gratuitamente pelo médium Robson Pinheiro à Casa dos Espíritos, que é parceira da Sociedade Espírita Everilda Batista, instituição de ação social e promoção humana, sem fins lucrativos.

COMPRE EM VEZ DE COPIAR. Cada real que você dá por um livro espírita viabiliza as obras sociais e a divulgação da doutrina, às quais são destinados os direitos autorais; possibilita mais qualidade na publicação de outras obras sobre o assunto; e paga aos livreiros por estocar e levar até você livros para seu crescimento cultural e espiritual. Além disso, contribui para a geração de empregos, impostos e, consequentemente, bem-estar social. Por outro lado, cada real que você dá pela fotocópia ou cópia eletrônica não autorizada de um livro financia um crime e ajuda a matar a produção intelectual.

O **Acordo Ortográfico** da Língua Portuguesa, ratificado em 2008, foi respeitado nesta obra.

A Casa dos Espíritos acredita na importância da edição ecologicamente consciente. Por isso mesmo, só utiliza papéis certificados pela Forest Stewardship Council® para impressão de suas obras. Essa certificação é a garantia de origem de uma matéria-prima florestal proveniente de manejo social, ambiental e economicamente adequado, resultando num papel produzido a partir de fontes responsáveis.

SUMÁRIO

Capítulo 1 10
A raiz do mal

Capítulo 2 30
Entrevistando o inimigo

Capítulo 3 56
Da noite mais profunda, na treva mais densa

Capítulo 4 84
O Foro de São Paulo

Capítulo 5 114
Parceria: estrada de mão dupla

Capítulo 6 136
A liga

Capítulo 7 168
A hidra de Lerna

Capítulo 8 196
O chicote do algoz

Capítulo 9 218
As hostes espirituais da maldade

Capítulo 10 242
Luta pela liberdade

Referências bibliográficas 266

Capítulo 1

A RAIZ DO MAL

EM SEMPRE a maldade — disfarçada ou não —, a mais abjeta maldade, mais escura e recheada de vilania, manifesta-se em circunstâncias recobertas de fealdade ou que exibam aspecto compatível com a própria natureza horrenda. Nem sempre. Algumas vezes, o mal escolhe lugares, situações e pessoas entre os mais belos e até excêntricos, sob o ponto de vista humano, e ali constrói seu *habitat*. À medida que forja o próprio trono, lapida seu mais precioso atributo: a corrupção; fortalece sua mais elaborada ferramenta: a hipnose; e implanta sua mais tenebrosa realidade: a política do poder pelo poder.

Sob o céu azul dos Alpes, a mais abjeta maldade, o mais arrojado conluio de forças tenebrosas e um dos mais representativos baluartes da oposição ao progresso do mundo e da humanidade encontrou um ninho apropriado para sediar seu ministério da injustiça. Algo tão abjeto, tão inominável bem poderia ser descrito como sendo a besta, o anticristo, tamanha a artimanha ali engendrada e levada a efeito. Florestas altaneiras e árvores milenares coroavam o local, dotado de uma aura cristalina e suave.

Imponentes, as montanhas ao redor, em época de inverno, tinham os cumes totalmente encobertos pela roupagem branca, o que ajudava a conferir aspecto paradisíaco ao lugar. Ao fundo, o firmamento anil, profundo, deslumbrante, emoldurava o conjunto de tonalidades mais belas que a mente humana poderia conceber num cenário assim, tão surreal. A noite exibia um céu limpíssimo, com uma ou outra nuvem esparsa a desfilar sobre a paisagem exuberante daquela região quase idílica. Copas de árvores frondosas pareciam se projetar montanha abaixo, em meio às cascatas que deslizavam pelas encostas e produziam um som único, permeado pelo barulho eventual dos pássaros, que, àquela hora adiantada, já descansavam nos galhos ligeiramente vergados pela neve.

Sombras esguias, projetadas pelo luar, misturavam-se a outras sombras, de seres que se dirigiam às proximidades de uma cidade importante, a qual abrigava parcela expressiva dos recursos de empresas e de homens milionários, depositada em cofres de bancos seguros, num dos paraísos fiscais mais cobiçados do mundo à época. A população local diria que a cidade estava envolta em aparente tranquilidade. Talvez ninguém ali suspeitasse que, ultrapassando a barreira sutil das dimensões, sombras humanas, seres de inteligência invulgar, reuniam-se para traçar, a partir daquele recanto, o destino de centenas de milhões de homens, que se abrigavam debaixo do mesmo céu, porém, distantes dali — distantes, também, de imaginar quanto seriam manipulados. Aliás, nem ao menos supunham a importância que seu continente periférico desempenhava no contexto de um projeto que abrangia toda a Terra.

Juntamente com magos milenares, observadores atentos dos surtos evolutivos do globo terrestre, havia outros seres, elegantemente trajados, que destoavam daqueles representantes da escuridão. Espíritos de especialistas, cientistas políticos, magos, manipuladores da opinião pública e políticos de variados períodos da história da humanidade reuniam-se naquele castelo encravado nos Alpes, além de estudiosos da psicologia de massas e alguns pais do pensamento político. Todos, em comum, refestelavam-se e mancomunavam-se debaixo das saias do poder, entre estratagemas e obscenidades que tinham por fim a perpetuação da política das sombras.

— Basta observarem, senhores, que o cetro mundial já se revezou entre povos de diferentes latitudes e que diversos países já o disputaram, em âmbito global. Contudo, quando apreciamos a escalada e a marcha do poder entre as nações ao longo da história, notamos que o domínio não floresceu na América do Sul, ao menos não como em outros locais da Terra, o que a torna uma exceção. Os demais continentes já experimentaram, cada qual a seu tempo, o que é ser o foco irradiador do poder. Tal quadro indica que alguma força, algum potentado maior do que nós, parece dispor as coisas de forma a modificar as peças do grande xadrez cósmico, levantando reinos e elevando nações que, até então, não tinham experiência de domínio, tampouco nenhum indício claro de que pudessem ascender ao poder em meio às demais nações — falou um dos representantes da política do submundo.

— É verdade. Nos estudos que realizamos, notamos que a alternância do poder mundial já vem de longas eras, e o cetro já passou por quase todos os recantos do planeta, o que nos leva a crer que, em futuro próximo, será a América do Sul o foco de onde irradiará o poder, e, com ele, a cultura. Que esta tenha caráter eminentemente espiritual é motivo de preocupação para todos nós. Além disso, indícios também sugerem que o continente em questão poderá ser a principal fonte de abastecimento do novo mundo.

— Desde o início da história da civilização

humana — falou um dos cientistas políticos desencarnados —, o poder político entre as nações do mundo circula, de modo a indicar que cada região do globo deve experimentar o domínio sobre as demais em algum momento. Primeiramente, vimos como foram estatuídas as bases de poder no Oriente Médio, em épocas remotas, quando alguns dos outrora poderosos dragões vieram para este mundo. Às margens dos rios Tigre e Eufrates, na Mesopotâmia, ergueram-se os primórdios da civilização tal como hoje é conhecida e, também, importantes laboratórios de experimentação deste mundo. Depois o bastião do poder migrou para as margens do Nilo; por séculos, lá floresceu, com novos surtos evolutivos, uma sociedade, uma nação que em tudo foi muito portentosa. Mais tarde, ao longo dos séculos, o fulcro civilizatório esteve nas mãos da Grécia, de Roma, dos nórdicos, das nações modernas da Europa e da América do Norte, nessa ordem, como se sabe. Depois de muito compararmos e analisarmos, chegamos à conclusão de que, embora não pareça à primeira vista, tudo aponta para a América do Sul como sucessora nessa roda da fortuna global. Segundo apuramos, é o único continente do planeta que atualmente reúne condições, até então inexploradas, de ser um centro de força política, religiosa e espiritual.

— O aspecto espiritual, no entanto, constitui nosso maior desafio — acrescentou um dos magos da mente voltados à questão da religiosidade. — Ideias de espiritualidade e liberdade de consciência estão em gestação, principalmente no Brasil, e ganham repercussão em toda a região. É preciso anteciparmo-nos a elas. Vários emissários do Cordeiro renasceram na América do Sul, sobretudo naquele país. Por si só, isso justifica voltarmos a atenção ao continente, uma vez que os representantes da justiça sideral jamais concentrariam em determinada terra tanto potencial e investimento, deslocando até ali seu arsenal, se não fosse um lugar representativo para sua política.

— Já havia percebido esse investimento, bem como o número de renascimentos de emissários do Cordeiro. Desde o século XIX, temos observado, na região, a corporificação de agentes tanto da justiça quanto da misericórdia. Para nossas organizações, isso representa um perigo extremo. Não temos notícia de tamanha concentração de agentes reencarnados que representem o Cordeiro como ocorre na América do Sul.

Sem que ninguém ali pudesse prever, um buraco, uma abertura na delicada membrana que separa as dimensões repentinamente se fez. Ao mesmo tempo, um barulho, um ruído foi ouvido, no exato instante em que se rasgava o tecido sutil entre as dimensões. Diante de todos os presentes àquela assembleia maldita, corporificou-se a figura de um espectro — algo que ninguém ali esperava, nem mesmo os magos negros. Procuraram se reunir em um local isolado, em meio à floresta e à natureza, justamente para que o ambiente pudesse disfarçar, ao menos em parte, a frequência baixíssima em que vibravam aqueles seres da escuridão. Com tal providência, pensavam lograr êxito ao se esconderem dos espectros, que consideravam rivais à sua altura — ou, ainda que relutassem em admitir, rivais capazes de vencê-los.

Era assim o jogo permanente de poder entre as potências das sombras. As facções da política hedionda haviam se separado ao longo do tempo e lutavam entre si por prestígio, de forma tão velada quanto possível, cada qual buscando dominar parcela maior da humanidade. A fim de cumprirem seu intento, não hesitariam em lançar mão de todo o seu aparato de ataque.

De modo análogo, os magos empregavam todos os recursos de que dispunham para se isolar em lugares onde, segundo pensavam, a chance de ser descobertos fosse remotíssima. Diante disso, o castelo fora minuciosamente preparado e alojava diversos instrumentos da técnica astral inferior. Eram perceptíveis as emissões magnéticas irradiadas a partir dos equipamentos desenvolvidos pelos cientistas aliados aos magos negros. O local reunia a nata das sombras, representantes de um eixo do mal que se alastrava pelos cinco continentes.

O espectro corporificou-se com certo alarde, a fim de impor sua presença e causar espanto a todos. Era alto, esquelético, embora dotado de uma musculatura que denotava força e vigor descomunais. Braços longos; os cabelos desciam até os ombros e revolucionavam como se tivessem vida própria. A pele era lívida, sem cor, sem vitalidade. Veias de coloração azul-arroxeada pareciam saltar da epiderme de seu corpo semimaterial. Na mão esquerda, trazia uma arma; na verdade, mais parecia um remendo de partes de vários instrumentos, tão bizarro era. A aura do ser exalava uma fuligem de fluidos, o que de todo se assemelhava às auras dos demais ali reunidos, na assembleia que procurava estabelecer novo meio de disseminar a política nefasta das entidades do mal.

Quando o espectro apareceu, o impacto de

sua energia lançou vários espíritos para o outro lado do ambiente onde se encontravam. Entre eles, um dos magos, especialista em psicologia e hipnose, o qual se esmerara em estudar sobre manipulação das massas, como influenciá-las a ponto de mudar drasticamente sua visão acerca dos assuntos que lhes interessassem e à sua organização. O mago foi completamente humilhado diante de todos ao ser lançado longe, arremessado contra a parede. O espectro mirava um a um, como a verificar se os tinha surpreendido e garantir que fossem descobertos os verdadeiros planos dos indivíduos ali presentes; afinal, interferir na política humana, nos negócios dos homens terrenos, interessava-lhe sobremaneira.

Ao redor dele, espíritos de diversas categorias irradiavam o odor nauseabundo das profundezas. Quando o enviado dos dragões abria a boca, pondo à mostra os dentes pontiagudos, que pareciam quebrados e lascados, um cheiro de enxofre associado a amônia exalava vigorosamente de seu hálito. Os olhos, esbugalhados como se estivessem prestes a saltar de sua órbita, fitavam todos, sobretudo os magos, mas também os encarnados em desdobramento — quase todos, políticos e governantes —, os quais lhe chamavam particular atenção. Estes, ao habitarem o corpo físico, exalavam o precioso ectoplasma, que, para o espectro, muito mais ainda do que para os magos negros, tinha valor incalculável.

O ser asqueroso caminhou em direção a uma poltrona de espaldar alto e jogou-se sobre ela, observando os magos se remoerem de ódio; um ódio tamanho que quase se podia apalpar, de tão tangível e densa era a emoção emanada dos chefes da milícia luciferina ali reunida. Porém, tanto ódio era alimentado justamente porque nada podiam contra o espectro. Originalmente advindo de outro sistema solar, banido mais tarde para a Terra, após estágio em planeta vizinho a Marte, o ser arquitetava por si só as estratégias que usaria para manobrar os homens do terceiro planeta. Afinal, era um chefe de legião, um dos que conviveram diretamente com os lendários dragões. Tal fato não podia ser ignorado por ninguém ali presente.

Espíritos de várias categorias, juntamente com os humanos desdobrados, compunham aquela horda: turbulentos, manipuladores, colecionadores de desgraças alheias e, acima de tudo, arquitetos da desdita humana, especialistas nas políticas que mantinham a miséria sob o disfarce da bondade.

NINGUÉM ALI REUNIDO, nem mesmo o espectro, sabia que era observado por Dimitri e Astrid, juntamente com outros sentinelas da justiça. Os guardiões vigiavam os seres hediondos a organizar suas ideias e discutir a ideologia ditatorial que alienara diversos países, por meio do comunismo, atendendo à inspiração direta dos chefes das milícias tenebrosas. Dimitri media cada espírito que ali comparecera, inclusive o espectro.

— A força deles — comentou Dimitri com Astrid — baseia-se na fraqueza dos homens. A política dos homens no mundo é, em regra, a extensão da política desta horda, que pretende dominar a todos.

— Sim, caro amigo — respondeu a chefe das guardiãs. — Porém, o que mais me preocupa não é a vontade nem o empenho dessa quadrilha em dominar os homens, ainda que seja algo grave; é, principalmente, o que fizeram e fazem com os planos de renovação do planeta. Misturam o que foi traçado com sua ideologia, prostituem as ideias e os ideais que deveriam nortear a libertação de nossos irmãos na Terra, conduzindo-os ao esclarecimento, à lucidez, à sabedoria...

DE REPENTE, um grasnido, como se fosse de uma

gralha ou, quem sabe, de uma ave pré-histórica:

— Grauuuu!!!

Um dos magos, na tentativa de enfrentar o espectro, o chefe de legião, fora atirado longe, arrebentando-se contra uma parede onde estavam inscritos alguns símbolos cabalísticos. Na sequência, o espectro mirava o ser da escuridão como se este nada mais significasse para ele além de um brinquedo espatifado. Assim se tratavam, uns aos outros, os espíritos das sombras: sem respeito, sem clemência nem honradez. Portanto, ainda que espalhafatoso, o episódio não era extraordinário, não a ponto de acarretar consternação ou maiores consequências. Depois de um silêncio profundo, sem que ninguém ousasse olhar um para o outro, como se estivessem congelados no tempo, a conversa foi retomada.

Os planos discutidos na assembleia envolviam não somente indivíduos, mas países inteiros. O espectro tinha real interesse no desenvolvimento das ideias ali ventiladas, tanto quanto nos motivos que levavam magos e cientistas das sombras, aliados a ex-governantes e governantes dos dois lados da vida, a se empenharem de tal sorte no estabelecimento de um novo foco de atividades políticas no mundo.

Enquanto os demais continuavam a comentar suas motivações e ideias, o grasno do mago se perdeu na escuridão. O estilhaçado, então, retorceu-se todo, na tentativa de organizar as feições de seu corpo astral disforme, e levantou-se, também humilhado, tal como o outro antes dele. Também distante, o grupo de encarnados, desdobrados por meio do magnetismo das entidades infelizes, assistia a tudo de onde estava, sem se atrever a chegar mais perto do espectro, pois sabia correr perigo de morte. Caso qualquer um entre eles tivesse as energias vampirizadas por uma entidade daquele quilate, não lograria êxito ao tentar retomar o corpo físico; morreria ali mesmo, tornando-se escravo da entidade demoníaca por tempo indeterminado.

Políticos, antigos generais, príncipes e outros representantes do pensamento socialista ali compareceram, na reunião que definiria os lances futuros, como o homem forte,[1] reencarnado no Brasil, Fidel Castro [ditador cubano, 1926–], Tomás Borge [1930–2012] e Daniel Ortega [sandinistas,

---

[1] Referência ao personagem denominado homem forte, introduzido no livro anterior desta série (cf. PINHEIRO, Robson. Pelo espírito Ângelo Inácio. *O partido*: projeto criminoso de poder. Contagem: Casa dos Espíritos, 2016).

1945–], ambos da Nicarágua, e Enrique Gorriarán Merlo [guerrilheiro argentino, 1941–2006], além de outros representantes da política humana, todos provenientes da América Latina. A aura sulfurosa, a energia explosiva e as vibrações demoníacas exalavam fartamente daquela atmosfera macabra, em meio a comentários vis, caracterizados pelo mais agudo desprezo pelos valores humanos. O castelo enchia-se de uma nuvem densa, quase material, pútrida; uma nuvem de vapores tão espessos e malcheirosos que era penoso respirar ali.

Na companhia de seu companheiro Fidel, num canto pouco mais afastado, o homem forte — como era conhecido entre os demais o representante brasileiro — pôs-se a observar o espectro, enquanto ouvia atentamente a discussão das ideias, com o interesse de quem era dotado de notável habilidade em manipular emocionalmente as pessoas. Percebeu um ruído estranho que se escutava quando as narinas do espectro abriam-se e fechavam-se.

— Podemos não entender o plano do governo oculto do planeta — ouviu-se na assembleia —, mas basta observarmos, companheiros, para deduzir que algo está em andamento. Ainda que de maneira lenta e até discreta, nitidamente se desenha um plano especial para esta região do mundo.

Tentavam ignorar o espectro, embora soubessem que estavam sob seu escrutínio férreo. Mesmo assim, continuaram, a princípio com vagar:

— Se existe tal concentração de forças, se aquele continente é um foco evolutivo para o qual têm se avolumado os esforços dos agentes superiores, com certeza trata-se de um fenômeno que nos interessa de perto. Toda frente de poder, toda conjunção de força espiritual que alimente a política do Cordeiro é algo que nos afeta e coloca em risco nossas organizações. Essa é uma realidade à qual não podemos nos furtar; não há como menosprezá-la.

Vestido elegantemente, determinado espírito levantou-se em meio à assembleia e fez a pergunta-chave, a qual definiria os rumos das diversas organizações ali representadas:

— Diante dessa realidade, senhores, que faremos? Já que conseguimos nos antecipar a prováveis táticas empregadas pelos agentes do Cordeiro, as quais têm como objetivo principal minorar nossa influência no mundo, que faremos? Sabemos que os guardiões são artífices de uma política que em tudo se distingue da nossa. Portanto, como enfrentar esse investimento que fazem na América do Sul, sobretudo no Brasil? Obviamente, apenas observar e saber da movimentação dos agentes superiores de nada nos adiantará. Temos de aplicar um contragolpe, desenvolver uma estratégia a fim de que possamos combater ou sabotar as ideias que germinam naquele recanto do globo. Afinal, não podemos correr o risco de que, a partir de lá, elas se alastrem pelo planeta e ocasionem a perda do nosso domínio sobre a Terra.

Um dos magos que dificilmente se manifestava, talvez o único ali capaz de enfrentar o espectro, abriu seu manto de escuridão, arrastando-o pelo ambiente enquanto caminhava até o centro do salão. O desenho formado até o chão pelo movimento de sua longa túnica parecia lhe conferir asas negras, que se arrastavam e se revolviam em meio à fuligem das energias densas lançadas ali, deixando um rastro que não poderia passar despercebido. Todos os demais recuaram quando ele se colocou no centro do salão, impondo um silêncio sepulcral. Mesmo o espectro movimentou-se lenta e sutilmente, dando a entender certa deferência àquele ser medonho que, até então, mantivera-se num dos cantos, observador, silencioso, disfarçado na penumbra. O mago mostrava-se ligeiramente curvado, como se lhe fosse penoso aprumar-se ou mesmo locomover-se, quando indagou:

—Você tem alguma ideia de como fazer para implantar nessa maldita terra o nosso programa político? Ou ficará apenas destilando o resultado de suas pesquisas sem apresentar soluções?

O espírito que falara por último retrucou, aliando sua habilidade de manipulação à melúria:

— Deixo incumbência tão séria para os poderosos, meu senhor, para Vossa Majestade sombria, que tem muito mais condições do que eu de propor estratégias que modificarão a história daqueles países e do mundo. Com certeza, Vossa Reverendíssima detém sapiência e ilustração suficientes para nos surpreender com algo que nem sequer imaginamos.

— E você? — perguntou com rispidez a outro espírito que também tomara a palavra anteriormente, não sem antes bufar de impaciência.

— Não, magnânimo príncipe das sombras. Não tenho mais com o que contribuir além de minhas insignificantes observações. Espero que Vossa Alteza nos traga um plano que inaugure uma nova etapa em nossa história no mundo.

Ambos devolveram ao mago a responsabilidade de formular propostas, e a entidade milenar soube interpretar a atitude dos dois. Depois de olhar o espectro de soslaio e registrar que este esperava da reunião um projeto à altura dos seres daquela hierarquia das sombras, o mago fixou o veterano ditador desdobrado e chamou-lhe a atenção:

— Você!

— Sim, supremo senhor das profundezas! — respondeu o cubano.

— Você será um dos nossos a ser inspirado diretamente por mim. E vocês — apontou na direção do homem forte e também do venezuelano ali projetado —, vocês serão nossa voz e nossas mãos para materializar na América do Sul nosso plano de dominação. Eu, pessoalmente, estarei ao lado de vocês e darei todo o suporte para fazer as ideias do socialismo renascerem no continente, reinterpretadas e com nova roupagem, de acordo com o que vamos lhes passar. Vamos transplantar o polo irradiador do socialismo para seu continente. Aproveitaremos o idealismo inspirado por nós e atuaremos sobre os anseios do povo.

Falando assim, aproximou-se e abraçou os dois homens, o brasileiro e o venezuelano, desdobrados, envolvendo-os em suas vibrações. Logo em seguida, conduziu-os para perto do espectro, sob a proteção a partir dali fornecida pelo mago.

— Vocês são meus pupilos! — anunciou, com uma voz que parecia advir das cavernas mais profundas do umbral. — Serão nossos representantes no mundo, e ai de vocês se falharem!

O espectro desceu da cadeira e tocou levemente os homens em desdobramento. Um deles fugiu instintivamente, pois sentia algo muito perigoso emanando daquela estranha criatura. O chefe de legião fitou o mago, e este soube, naquele exato momento, que os dois tocados pelo espectro desempenhariam um papel muito importante no desenrolar dos acontecimentos.

— Vocês terão todo o suporte de que necessitarem a fim de dar corpo às nossas ideias nos seus respectivos países. Destruiremos a fé do povo; destroçaremos a esperança de toda a gente e ergueremos nossa bandeira manchada no sangue dos filhos do Cordeiro, a qual tremulará sobre a cabeça dos homens como símbolo de nosso mando sobre eles. Ninguém escapará ao anticristo, às teses que usaremos para reinterpretar a doutrina socialista segundo as exigências do verniz democrático que ganha apelo no mundo. A marca de cada um de vocês será indelével! Serão nossos médiuns e alastrarão nosso projeto não apenas em seus países, mas por toda a região; formaremos uma liga com militantes de todo o continente!

Capítulo 2

ENTRE-VISTANDO O INIMIGO

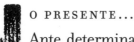O PRESENTE...

Ante determinados acontecimentos marcantes, alinhados a outros mais, cuja finalidade era influenciar as nações latino-americanas na mira dos planos das sombras, os guardiões, sob o comando de Dimitri e Astrid, resolveram buscar a ajuda de certos médiuns encarnados em estado de desdobramento ou projeção da consciência. Entre outros motivos para tanto, lidariam com entidades muito materializadas, portanto, dependeriam de doadores de ectoplasma para agirem com mais desenvoltura, tanto quanto para serem percebidos por elas, caso necessário. Dessa forma, Raul foi um dos escolhidos, uma vez que estava envolvido até a alma com acontecimentos, nos dois planos da vida, relacionados ao esquema de poder criminoso da política tirânica das sombras.

Astrid aproximou-se do médium, que dormia àquela altura, e olhou-o de cima. Do outro lado do quarto, Kiev e mais dois amigos guardiões observavam.

— Raul acabou de adormecer, Astrid. Deixe apenas se passar algum tempo para que se refaça, e logo o magnetizaremos.

Passados alguns momentos, os dois guardiões

superiores puseram-se ao lado do rapaz. Posicionou-se Kiev, com quem Raul tinha laços mais estreitos de amizade, e passou a movimentar as mãos longitudinalmente. O agente logo se deu conta de que era convocado ao trabalho. Leve tremor perpassou seu corpo, ao mesmo tempo que uma espécie de formigamento lhe acometeu o perispírito, que, então, já se mostrava sensível à presença dos amigos. O corpo espiritual do sensitivo balançou-se de um lado para outro algumas vezes, à semelhança de uma rede de dormir, porém, sem se destacar do corpo físico de imediato. No cérebro físico, um barulho pareceu assinalar de maneira especial o instante em que o espírito efetuou, enfim, a decolagem. Raul rodopiou lentamente em torno do próprio eixo, flutuando para cima, à esquerda do corpo, que repousava sobre o leito. Percebeu os espíritos próximos e, ainda sob a influência de Kiev, pousou lentamente ao lado dos dois, recobrando mais de 80% da consciência na dimensão dos guardiões, onde atuavam naquele momento.

— Olá, meninos! — saudou os amigos de modo descontraído, dirigindo-se a Astrid num gesto essencialmente humano, beijando-a na face. Sabendo do jeito de Kiev e como este reagia a seus impulsos, Raul aproximou-se dele e fez menção de beijar sua face também, mas ele se ruborizou imediatamente. Raul riu gostosamente, sendo acompanhado por Astrid. Ambos se entreolharam com leve ar de ironia, provocada pelas reações de Kiev.

— Nunca me acostumo com seu jeito, Raul. Mas confesso que adoro você.

— Fale logo, homem: você é apaixonado por mim! — e piscou um dos olhos para Astrid enquanto soltavam gostosa risada.

— Caro amigo, temos desafios importantes pela frente — informou Kiev. — Astrid e Dimitri precisam de você.

— E é claro que você irá também, não é mesmo?

— Claro, claro! Não posso deixá-lo sem minha presença a seu lado, por ordens superiores.

— Entendo — piscou novamente para Astrid.

— Ele não aguenta ficar fora de uma luta, Raul — comentou Astrid enquanto abraçava o amigo e partia com ele em direção ao palco dos acontecimentos. Ao longo do percurso, Astrid pôs Raul a par do que ocorria. Foi somente depois de saber dos detalhes da situação que ele resolveu falar:

— Queria muito entrevistar um desses espíritos responsáveis pela política em nosso país.

— Entrevistar? — perguntou Kiev, então já na companhia de diversos outros guardiões. —

Acha que uma entrevista pode ajudar a resolver algum dos desafios personificados nessas entidades sombrias?

— Resolver não, amigo, mas quem sabe o que terão a dizer? Como estou encarnado e vivo em meio ao turbilhão de problemas ocasionados pelas forças de oposição à política divina, acredito que conhecer a perspectiva dessas entidades poderá ser bastante útil para avaliarmos melhor como abordá-las em uma eventual intervenção mediúnica.

— Olhando sob essa ótica, de fato, nada contra — afirmou Astrid quando comunicava a Dimitri a ideia de Raul. — Precisaremos de uma cota mais intensa de ectoplasma. Serão necessários mais recursos a fim de agirmos perante os espíritos que influenciam certos agentes encarnados a seu serviço. Enquanto isso, ficará mais livre para entrevistar um dos "meigos" seres da escuridão — brincou a guardiã.

Quando chegaram ao local, Dimitri já havia tomado as devidas providências para que Raul pudesse ser assessorado no trato com uma das entidades. Astrid, por sua vez, convocou determinada guardiã que atuava como médium no plano extrafísico. Tão logo se colocaram à disposição, esta a incorporou, sob intenso influxo fluídico de Astrid. O espírito foi trazido por dois outros guardiões; uma vez ele magnetizado, sem ao menos ter uma vaga noção do processo a que era submetido, ocorreu o acoplamento das auras da entidade perversa e daquela que lhe servia de médium. O infeliz não era capaz de ver nem de perceber os guardiões pelos próprios sentidos, pois estava em dimensão e estágio mental vibratoriamente diferentes dos deles; movia-se em frequência distinta. Foi nessa condição que se deu a entrevista, enquanto se extraía o ectoplasma de Raul, na medida certa, isto é, ele trabalhava em duas frentes ao mesmo tempo.

Depois de algum tempo de trabalho intenso, de modo a conceder à entidade sombria as informações sobre o que se passava e, ao mesmo tempo, magnetizá-la por intermédio de Yamar — a guardiã que lhe servia de intérprete no plano astral —, Raul aproximou-se, sempre secundado por um silencioso Kiev. Introduzida a proposta da entrevista, o agente desdobrado principiou, com o cuidado de não submeter o ser das sombras a nenhum constrangimento, pois não era objetivo tentar convencê-lo ou convertê-lo por meio da doutrinação, felizmente.

— Quem é você no esquema do poder nas regiões sombrias e o que representa no tocante ao projeto político entre os homens, nossos irmãos no plano físico? — iniciou Raul.

— Irmãos? Talvez sejam irmãos seus, pois são idiotas o suficiente para acreditar num futuro para seu mundo e na proposta do seu diretor, o Cordeiro. Quanto a mim, pode-se dizer que aqui, entre os donos do poder, os que vocês chamam de ditadores, eu sou uma voz — ou a voz. Sou intérprete dos que dominam; falo por todos eles. Represento um esquema de poder que abrange desde as regiões próximas à América Latina até certas paragens do Oriente Médio.

"Para os que estão encarnados, para os que dizem fazer política, eu sou um sinal. Isso mesmo: um sinal de que eles, nossos comparsas no mundo político, não trabalham nem agem sozinhos. Aproveitamos as características de cada um, de seu conluio, de seu grupo, que na prática se reúne por causa das fraquezas morais comuns a suas almas corruptíveis: vaidade, orgulho, desejo de poder. Baseamo-nos nessas características dos homens encarnados para transformá-los em nossas marionetes. Nós os dirigimos, nós os conduzimos em cada pensamento e cada atitude. Não há cidadão entre eles, políticos e mesmo religiosos — pois também os dominamos largamente —, que não tenha lá sua inclinação à corrupção e ao crime, que não seja manipulável ou não se venda. Já fizemos inúmeros pactos, inúmeros contratos entre os humanos. Vendem-se por bem pouco: basta um momento de glória ou prazer, basta-lhes a ilusão de que estão seguindo os próprios desígnios. Entre políticos e religiosos, trata-se de uma prática muito mais comum do que imagina.

"Na verdade, são eles, os humanos encarnados, que nos pedem, que desejam, de alguma maneira, projeção, poder e sucesso, fama das mais reles, ilusões emocionais e sexuais em troca de alguma coisa, de qualquer coisa que lhes peçamos. Contudo, pedimos muito pouco, na verdade: apenas que incluam nossas ideias em meio aos seus discursos. Claro, uma vez convertidos em nossos intérpretes, sabemos que não mais seguirão os projetos de seus mentores; uma vez estabelecida a aliança mental e emocional conosco, desviam-se da finalidade de suas encarnações, segundo a perspectiva de vocês. Passo a passo, enfraquecemos os verdadeiros defensores do Cordeiro, em diversos setores da vida humana. É patético!... e é deslumbrante! Deixam de cumprir o compromisso que lhes cabia, e o trabalho esmorece, do seu lado, já que é preciso tempo até que seus mentores consigam retomar o caminho interrompido."

— E você nunca pensou nas pessoas necessitadas de socorro, nos milhares que têm sido enganados e prejudicados por vocês, por sua política e seus fantoches encarnados no mundo?

— Pobres coitadinhos esses necessitados!... E por acaso os que se dizem bons estão realmente preocupados com esses miseráveis que vocês dizem pobres? Porventura acredita que, se eu ou um dos nossos pararmos de atuar por meio de nossos agentes, a quem você chama de fantoches, eles passarão a se preocupar com essa gente dita necessitada? Mesmo deixados a sós, a maioria dos políticos e dos religiosos jamais se afligiria ou se afligirá com quem sofre. A maior parte deles está, na verdade, preocupada consigo; quer granjear e manter poder, garantir a subjugação das consciências, ganhar dinheiro — se bem que, para muitos, o poder pelo poder é muito mais valioso do que o dinheiro. Pobres são entes invisíveis para os homens que intentam dominar. Governantes nunca olham de verdade pelos miseráveis; estes não passam de instrumentos para que alcancem seus objetivos. Religiosos, de outro lado, necessitam, pobrezinhos, deles para lustrar o próprio ego à medida que lhes oferecem migalhas; em seguida, gabam-se do êxito em converter e convencer os desgraçados a lhes seguirem os passos e as mentiras. Note que trabalhamos com os recursos que nos oferecem: questões íntimas como orgulho, egoísmo, vaidade, desculpismo e desejo de sucesso fácil e a qualquer preço.

"Por sua vez, os que se colocam como necessitados habituaram-se a viver com migalhas. Puseram-se na vida como derrotados e, por não quererem lutar, trabalhar e crescer, pois isso exige esforço, desejam tudo de graça; cada vez reivindicam mais e se dedicam menos ao trabalho, que os tiraria da dependência excessiva para com os poderosos. Tornam-se juvenis ou, na verdade, perpetuam-se na imaturidade; para que acreditem em qualquer discurso, basta lhes dar alguma migalha enquanto lhes falamos de direitos e lhes acentuamos a sede por vantagens e benefícios, instigando-os a pensar que estão engajados numa jornada em prol de causas nobres, numa luta digna a fim de obter 'conquistas sociais' para os pobres e oprimidos — riu-se o espírito. — No fundo, porém, almejam tão somente estar sob os cuidados de algum responsável, como eternos adolescentes mimados que são; querem mesmo é ficar à sombra dos que comandam, desde que tenham certas regalias asseguradas.

"Se por um lado há os que se comprazem em dominar, existem, também, os que gostam de ser dominados. Muitos se envergonham da própria subserviência e da inapetência para a vida adulta, portanto, camuflam esses traços sob o manto da rebeldia, que confundem com a liberdade. São adolescentes, já disse! Independência, para eles, é arcar com o mínimo de obrigações; caso suspeitem, em dado momento, que as benesses estejam sob ameaça, agem como a massa de manobra que são, mas se julgando plenamente autônomos. Contentam-se com mesadas e misérias; passam sua vida patética iludindo a si mesmos e projetam a culpa de tudo o que lhes sucede nos poderosos, em torno de quem gravitam naturalmente — até porque os rege um sentimento central contra os adultos maduros: a inveja. Comportam-se como o adolescente invejoso do que os pais conquistaram, mas incapaz de encontrar em si forças para abandonar o abrigo que lhe proporcionam. Reclamam, assim, com ingratidão e petulância, mais e mais vantagens dos provedores que adotaram livremente, embora só avancem com sua estridência até onde os comandantes permitam. Repito: é a subserviência travestida de coragem e independência. Esse é o teatro encenado por ambas as partes.

"Note que responder ao problema da miséria, da dependência dos humanos encarnados para com os poderosos que elegeram não será tarefa fácil, nem mesmo rápida; talvez, nunca consigam. Mesmo que houvesse vontade política — o que não há —, fosse da sociedade, fosse de governantes, não seria nada fácil solucionar o dilema social do mundo, da miséria e da pobreza. Para lidar com o que são francamente incapazes de resolver, tanto políticos quanto quem apregoa teorias religiosas diversas, propalando ideias como libertação espiritual e dignidade social, comumente recorrem a explicações que satisfazem ao comodismo e à necessidade de buscar justificativas, muito mais do que a soluções. Até bem pouco tempo, apontava-se o êxodo rural como a causa dos males da sociedade; hoje vê-se a concentração excessiva de pessoas pobres, 'vítimas sociais', em antros urbanos, em comunidades que se alastram cada vez mais. Ora, se houvessem decidido abordar a questão quando ela surgiu no Brasil, por exemplo, lá pelos idos de 1950, talvez tivessem obtido algum êxito. Mas hoje? Não existe vontade política, tampouco condições reais de enfrentar o problema, nem se quisessem. Assim sendo, os poderosos apenas lançam mão dessa máquina de miséria presente na sociedade com o intuito de se manter no poder e de perpetuar seu domínio.

"A fim de que consigamos manter aceso o idealismo de uma filosofia política sob nossa orientação, convocamos psicólogos e outros espíritos com habilidade em hipnose social e coletiva para manipulação de massas e introduzimos certos conceitos na opinião pública que deformam ou então maquiam o problema verdadeiro. Num desses exercícios, semeamos a noção de que é charmoso viver nos morros, nas favelas; em alguma medida, que é até romântico. Em outros casos, alimentamos a ideia do *glamour* de se viver nas 'comunidades'. Ah! Como os homens adoram termos novos para velhos conceitos. De pouco em pouco, em vez de transformar a realidade do povo, da sociedade, simplesmente modificamos a opinião reinante, instigando uma cultura de que tudo é preconceito, de que é ótimo ser medíocre e acomodado, a fim de perpetuar uma fantasia romântica que vem ao encontro de nossos objetivos.

"Isto é política: ser capaz de mudar o foco da atenção e da opinião pública sobre determinado problema e convertê-lo em algo glamouroso, em uma coisa boa, moderna e menos chocante. Além do mais, é um excelente teste para avaliarmos até onde conseguimos ir promovendo a inversão de valores por meio de pensamentos insuflados no debate público."

— Caso você decidisse ajudar a resolver os desafios humanos ligados à política, usando seus agentes encarnados para auxiliar a humanidade, o que você faria? Que proposta apresentaria com o intuito de aprimorar a sociedade?

— Ajudar os humanos encarnados? Acha que algum dia pretendemos isso? Pensa que existe algum jeito de ajudar quem não se ajuda? Essa gente acredita em tudo o que os políticos e os religiosos lhe dizem! A memória histórica é falha, curtíssima e desvalorizada; de acordo com as promessas e com os benefícios que ganharão, segundo creem os encarnados, rapidamente abstraem do passado das pessoas que eles próprios elegem para os dirigirem. Acha realmente que há como auxiliar essa gente? Nenhuma medida externa poderá curar sua estupidez.

— Mas, se você pudesse, quisesse ou tivesse um olhar diferente sobre a situação do mundo, como abordaria os problemas de ordem tanto política quanto social? Já pensou nisso, por acaso?

O espírito parou um instante, talvez mergulhando na sórdida paisagem íntima, para logo depois formular seu pensamento:

— Não existe solução para o país nem para o mundo, rapaz! Considere os problemas, os impasses, ou seja lá como os chame, que se relacionam à manipulação de ideias, à política atual ou aos graves desafios que vocês enfrentam no contexto social e espiritual, tanto no plano doméstico quanto no internacional. São insolúveis! Veja o exemplo que eu mencionava: como encarar o grande número de focos de instabilidade social, espiritual e moral ao se verem as favelas nas grandes cidades do seu país? O emaranhado de dilemas e desafios sociais, educacionais e espirituais jamais será resolvido sem uma injeção de bilhões da moeda mais valiosa do seu mundo. Mesmo assim, como conheço os governantes — eles próprios, quero dizer, sem nossa ajuda, agindo sobre seu psiquismo —, sei que jamais investiriam qualquer soma sem molharem as próprias mãos, sem tirarem algum proveito. Mesmo que o fizessem, teria de haver vontade política, o que não há. Para isto, seria preciso um homem de mão forte e incorruptível, que pudesse arregimentar forças, unir os opostos, reunir outros de igual índole.

Era interessante notar a maneira como o espírito refletia características da estrutura de poder ou da visão de mundo das sombras ao examinar os obstáculos apontados. O autoritarismo, personificado num indivíduo redentor e carismático, era um elemento que não podia faltar à sua perspectiva. Além do mais, era incapaz de pensar fora de um contexto de planejamento centralizado, com governo forte, concentração de mando na mão de figuras proeminentes, a quem seriam confiadas grandes somas de dinheiro e a tarefa messiânica de equacionar a crise social. Embora ele próprio fosse cético acerca da eficácia daquele método em face das questões apresentadas, não era capaz de conceber outra estratégia. "Não tem jeito!", repetia com convicção. Ou seja: como ele não *enxergava* solução, estava convicto de que não *existia* solução, como se a segunda conclusão pudesse ser deduzida da primeira. Na verdade, parecia acreditar que ambas as afirmações eram equivalentes, sem distinguir uma da outra.

Prosseguiu a entidade comunicante, que falava através de Yamar:

— Talvez, antes de atacarem o quadro social, os problemas de segurança, de alimentação e de manutenção da saúde pública, talvez fosse preciso reformular um setor que está na base mesma dos conflitos vividos pelos encarnados: a educação. Não adianta os dirigentes humanos dispensarem fortunas buscando amenizar a pobreza e outros desafios sem investir na educação. De que adianta dar moradia e saúde, por exemplo, sem educar as pessoas para viverem de forma coerente com o que desejam de melhor para elas?

— Mas como fazer isso? Será mesmo apenas uma questão de dinheiro, de investimento? Não cabe à família esse tipo de educação de que fala?

O espírito simplesmente ignorou a pergunta de Raul e continuou:

— Saúde para que se as pessoas vivem em franco desrespeito consigo mesmas? Não valorizam a própria vida, nem mesmo a dos filhos; não preservam o próprio corpo, pois não se importam com a harmonia do maior instrumento que lhes foi dado para atuar no mundo...

Nesse ponto da fala, Raul concluiu que as boas intenções do espírito não eram suficientes para fazer com que, à crítica, sucedessem ações proveitosas, uma vez que ele se alinhava com forças decididamente malignas, apesar dos ideais que ora revelava. Com efeito, entregar-se à desilusão e projetar todos os males na sociedade criava uma justificativa moral para si mesmo, na qual podia se agarrar. Será que a hipótese de ajuda à humanidade, levantada por Raul, afinal começara a produzir alguma reflexão na entidade?

— Dão comida da mais baixa qualidade e, muitas vezes, nociva aos próprios filhos. Se agem assim com a prole, que dizer, então, sobre si mesmos? E quanto aos venenos, aos tóxicos que consomem diariamente, incluindo os considerados aceitáveis pela sociedade de encarnados? A maioria dos homens, "seus irmãos", é viciada; quando não em drogas mais letais, em medicamentos, em alimentos que tendem a diminuir sua qualidade de vida e prejudicá-los. Portanto, antes de investir em saúde, embora ninguém assim fará, seria melhor educar as pessoas para viverem em harmonia com o corpo, com o meio ambiente e consigo. De tal sorte as pessoas estão viciadas que pouco adiantaria investir em medicina, moradia e trabalho; não sabem conviver em sociedade e não têm o mínimo de postura diante da própria vida. Repare que o povo não sabe conservar minimamente o ambiente onde vive. Poluem, com lixo mental, a casa, a rua e o próprio visual, até a intimidade. Isso se dá sem nossa ajuda.

Raul ouvia com relativo espanto o espírito das

sombras defendendo conceitos como ambientalismo e vida saudável, geralmente tidos em boa conta. Continuou ele:

— Quando nos aproximamos das pessoas, apenas acentuamos aquilo que já existe dentro delas, a começar pela falta de visão da vida e de educação para viver em sociedade. Nunca obrigamos ninguém a fazer aquilo que já não quer, ao menos em certa medida. Apenas proporcionamos a oportunidade que tanto pedem. De resto, na grande maioria das vezes, são as pessoas que causam o próprio desastre. Tanto os cidadãos comuns quanto os líderes em qualquer contexto, seja na política, na religião, no poder econômico.

"Já que me perguntou, digo com total convicção: seu povo não tem jeito! Por isso, trabalhamos para adiar cada vez mais a resolução de dificuldades no mundo, pois sabemos, com a máxima certeza, que a chamada Divina Providência atuará em breve, como fez na Atlântida e com determinados povos do passado. Somente ao erradicar esse povo do planeta, reiniciando do zero todo o organismo social, com uma nova sociedade, é que se poderá ter alguma esperança. Pelo que conheço da alma humana, sem um recomeço total, geral, nunca o homem terrestre desenvolverá, no ritmo atual, um nível de consciência suficiente para modificar o panorama social ou político de onde quer que seja."

— Então, segundo seu ponto de vista, não existe solução, certo? — perguntou Raul.

— Como seria isso? Somente se houvesse uma organização exemplar e um líder que, além de carismático, pudesse reunir condições morais suficientes — e não me refiro a nenhum santo — para impor a ordem; talvez, até uma espécie de ditador, de modo a obrigar os demais a realizarem essa reforma geral, que seria uma espécie de revolução em todos os âmbitos da sociedade de encarnados.

Revolução e pulso forte para chegar a fins supostamente nobres... O discurso não era exatamente inédito. Eis que o enviado das trevas apresentava seus argumentos, como se quisesse persuadir o interlocutor:

— A burocracia criada para impedir o progresso é um monstro que engole qualquer iniciativa de ajuda à sociedade. Note o exemplo de quem deveria ser considerado mais honroso, ético e imparcial possível, como os integrantes das altas cortes do país. Todos, sem exceção, têm comprometimentos. Os homens de toga preta são nossos; venderam-se e, em breve, agirão sem pudor, em favor de si próprios, a fim de barrar a justiça, com receio de que seus podres venham à tona.

"Em todos os países é assim, não somente no seu. Que dizer dos parlamentares? Se não estivessem comprometidos, por que se calariam ou demorariam tanto a tomar providências para barrar o mal e deter nossos agentes infiltrados no meio político?

"Para mim está claro que esse homem ilibado, honroso e ético, esse líder necessário para romper com a cristalização do mal não existe. Se existisse, estaria sufocado pelos que não desejam que venham à tona as próprias vulnerabilidades; teria de enfrentar a força, o histórico e a realidade dos maus, que dissimulam e querem ganhar a qualquer custo, desde aqueles que apenas maquiam a realidade até os que agem deliberadamente, mesmo sem nossa influência, com o objetivo de manter a situação atual."

Olhando Raul frente a frente, querendo hipnotizá-lo, continuou, cheio de convicção:

— Entre os ladrões encastelados no Legislativo e nos demais poderes constituídos de sua moderna república, incluindo empresários e os mais ricos da sociedade, e, de outro lado, os que formam bandos e gangues que dominam nos morros e nas praças do tráfico, de modo geral, temos ainda mais acesso aos primeiros. Isso porque, apesar de tudo, bandidos comuns se mostram mais sensíveis aos apelos dos tais benfeitores do que os homens atrelados ao poder e ao dinheiro, sobretudo os que dissimulam o tempo inteiro. Além do mais, considere a impunidade dos representantes oficiais do povo, a qual ocasiona que tantos outros se espelhem neles, de alguma maneira, e continuem a roda viva de crimes e corrupção. Não basta investir na educação e promover melhores condições de vida, higiene, saúde e bem-estar sem que sejam punidos os artífices do desequilí-brio, que impedem as coisas de darem certo: cor-ruptos, corruptores e ladrões.

"Note que seria preciso fazer uma revolução geral, mas isso jamais se dará em período inferior a milhares de anos. Por isso, os que representam a justiça divina se veem compelidos a realizar periodicamente um recomeço, uma limpeza geral, intensa, profunda, valendo-se da própria natureza, que, no momento certo, revolta-se contra o homem. Esses recomeços são recorrentes na história da civilização humana, e este tempo em que vivem os encarnados é propício para outro evento do gênero, pois o homem corrompeu não somente a si mesmo, mas também comprometeu o sistema do mundo onde habita."

Raul não pôde deixar de observar a argúcia do espírito, que pulverizava gotas de verdades e fatos consistentes em meio ao discurso que refletia a ideologia das sombras, cujo objetivo era nublar a clareza ao seduzir o ouvinte com palavras aparentemente piedosas e consternadas com a situação global.

— Nós e nossa organização — prosseguiu a entidade — não ignoramos que em breve haverá um recomeço para todos, inclusive para nós, o que afetará largamente os encarnados e os desencarnados ligados ao sistema de vida da Terra. Não há outra saída a não ser recomeçar; temos consciência disso. Entretanto, uma vez que, nessa ocasião, não será dado a nós permanecer neste mundo, pois nossa trajetória terá início em outros orbes ignorados, empreendemos os esforços que estão a nosso alcance a fim de retardar o processo de conscientização dos homens. Isto é, empenhamo-nos ao máximo para postergar o momento de limpeza geral, pois sabemos que seremos banidos — e o pior: não sabemos para onde. Portanto, enquanto pudermos perpetuar nosso poder, dominaremos por um tempo indefinido, lançando mão das paixões humanas. Quem sabe, partiremos todos, nós e os homens deste planeta, para outros lugares no cosmo... Lá os dominaremos de maneira absoluta, pois já saberemos como manipulá-los com maestria. Como pode ver, o erguimento de nosso império, nosso reino, começa aqui.

Num esboço de riso irônico, continuou, dando ênfase a cada palavra proferida:

— Até os bons são nossos aliados, pois nos defendem, defendem nossa política e nossos comparsas, acreditando piamente que lutam por algo melhor para o mundo. A ilusão que causamos ante os olhos dos que se dizem bons é tão eficaz que eles brigam entre si, quase se destroem em nome da nossa política, à qual aderem sem sequer se darem ao luxo de examinar com mais atenção e prudência. Portanto, não há conserto, nem mesmo ao se considerar a atuação dos que se dizem bons. Eles estão hipnotizados e assim continuarão, pois não aceitam ser questionados; nem ao menos cogitam a possibilidade de estar equivocados, a não ser da boca para fora. Esse é nosso maior trunfo para nos mantermos no poder e assegurarmos a posição de quem é nosso agente entre os encarnados.

Raul sentiu que não havia muito o que falar com a entidade sombria. O objetivo inicial, de qualquer modo, era escutá-la e conhecer-lhe o pensamento e as estratégias. Estava diante de um especialista, alguém consciente do que fazia e de como faria suceder o mal que planejara tão bem.

Capítulo 3

DA NOITE MAIS PRO-FUNDA, NA TREVA MAIS DENSA

NO PRETÉRITO mais que imperfeito...
Apenas alguns meses depois, determinados homens reunir-se-iam, na ilha de Cuba, a fim de discutirem os projetos inspirados pelas entidades que queriam, a todo custo, ampliar seu domínio sobre o mundo dos encarnados. Tratava-se de um projeto de hipnose coletiva, um processo de obsessão verdadeiramente complexa, em larga escala, uma vez que abrangia grande número de países e centenas de milhões de habitantes e que, portanto, não seria levado a cabo por um grupo apenas. Era algo arrojado, que requeria inúmeros especialistas, tanto no plano físico quanto no astral, todos devidamente conectados aos desígnios de domínio dos seres das sombras. Estava claro que esses jamais poderiam agir por si sós caso não encontrassem ressonância nos pensamentos e nas atitudes de seus agentes. Portanto, só logravam fazer o que faziam porque as pessoas envolvidas cobiçavam o poder tanto quanto eles próprios, bem como cultivavam atitudes e caráter tão daninhos, nocivos e anticosmoéticos quanto os manipuladores invisíveis. Contudo, era notável como aqueles homens sabiam disfarçar tão bem tais características, cobrindo-se de um manto de seriedade, comprometimento e devoção à causa social.

O local do encontro foi um dos prédios do governo cubano, onde já havia muitos equipamentos instalados pelos especialistas das sombras. Uma vasta e imponente biblioteca, que contrastava largamente com a realidade do país, exibia grande quantidade de escritos, que versavam acerca dos projetos de domínio e das filosofias sobre as quais se erigia o inumano idealismo ali vigente. Livros e mais livros com ideias de Karl Marx [1818–1883] e Friedrich Engels [1820–1895] contavam-se ao lado de muitos e muitos documentos a respeito do anarquismo, além de obras assinadas pelos pensadores do socialismo desde seus precursores, como Henri de Saint-Simon [1760–1825], entre tantos outros autores da teoria política. No plano astral, as estantes também estavam repletas desses e de outros volumes mais. Porém, em todas as paredes, havia dizeres em meio a símbolos cabalísticos, inscritos, naturalmente, pelos magos patrocinadores das teses defendidas pelos agentes encarnados ali reunidos. Tudo se misturava numa sobreposição de símbolos, gráficos, frases inteiras pelas paredes, pelo teto e pelo chão, conferindo à biblioteca astral um ar confuso, que, de algum modo, reforçava as ideias irradiadas ali.

O homem forte, vindo do Brasil, sentara-se ao lado de Castro, tendo alguém mais junto deles, que traduzia as palavras eventualmente incompreendidas pelo brasileiro e pelo cubano.

— Temos muitos problemas quanto a nossas ideias. Por isso, teremos de reconstruí-las, de maneira a lhes dar fôlego e maior força — dizia Fidel ao amigo, o homem forte. — O sistema representado pelo comunismo foi abalado, principalmente, depois dos caminhos que tomou a política do estado soviético, nosso mais forte aliado histórico.

— Parece que o mundo está diante de uma mudança de rumos muito radical, amigo Castro. Se a União Soviética tem se abalado assim, nosso moral pode ser comprometido, e nossos projetos para o futuro, ainda muito mais. No Brasil, apenas começamos a insuflar no povo as ideias e a desenvolver os conceitos, de forma a levar as pessoas a desejarem nossa intervenção, a desejarem nosso socialismo. Mas, com o que aconteceu na União Soviética e com a repercussão de tudo isso...

— No mundo todo, ao que me parece, após a mudança ocasionada pela Glasnost e pela Perestroika, isto é, a reforma da economia, as pessoas estão sendo inspiradas por um delírio de liberdade como há muito tempo não se via. Precisamos fazer alguma coisa, pois a liberdade delas significa nosso fim e o de nossos projetos.

Ao lado daqueles homens, estavam a postos as entidades que, antes, no castelo dos Alpes, projetaram o avanço de seu poderio e de sua política. Movimentavam-se em outra vibração, em outra dimensão. Os dois encarnados ligavam-se a fios invisíveis, entranhados no sistema nervoso a partir da nuca, ramificando-se e alastrando-se por seus órgãos e sistemas. Na outra ponta, aqueles filamentos eram conectados a uma espécie de capacete usado por especialistas na manipulação do pensamento. Assim, ambos os indivíduos permaneciam diretamente unidos a seus mestres, orientadores de ideias e de ideais políticos, que se revezavam debaixo do capacete, instilando-lhes estratégias e conceitos concebidos no plano extrafísico. O projeto requeria uma associação estreita, um conluio intenso e permanente, porque somente assim desenvolveriam o carisma, a frieza emocional e mental, e também a facilidade de manipular a opinião alheia — quesitos necessários para o funcionamento da máquina que era construída ali, sob os auspícios de forças tenebrosas.

— A gente do Leste Europeu — prosseguiu o ditador — está contaminada com certas ideias, principalmente de ressuscitar a democracia ou de recriá-la, depois de terem inventado essa tal de Glasnost. A partir de então, diversos centros do comunismo no mundo parecem vacilantes; à medida que soçobram, deixam claro que estamos em franco perigo.

— No Brasil também, as coisas parecem correr para a mesma direção. Fala-se em nova Constituição, em novo regime, e o povo, pouco a pouco, parece se inflamar com esse desejo de liberdade, de democracia, de um novo governo, que os liberte do quadro atual, segundo o povo, opressor ao extremo.

Aparentemente sem motivo algum, os dois riram, enquanto um deles degustava um charuto e tomava uísque. O outro preferia beber uma boa aguardente de cana, importada pelos dirigentes cubanos especialmente para os momentos em que o ilustre visitante brasileiro ali estivesse. O homem forte sorveu, a longos haustos, o precioso líquido, que descia rasgando a goela e lhe produzia uma sensação interpretada quase como um orgasmo.

Havia dois outros companheiros ali além do homem forte, de Castro e do intérprete. Até então, os demais apenas acompanhavam a conversa. Um deles, de extrema confiança do ditador da ilha, aproximou-se após ouvir o que diziam os dois e comentou:

— Se me permitem, senhores, a União Soviética representa o mais importante centro de nossas ideias. Desde há algum tempo, ao que me parece, já evidencia dificuldades de manter-se como bastião do poder comunista. Isso acarreta sério risco para todos nós e para os projetos de expandirmos nossos conceitos e nossas políticas. Já basta que determinadas figuras proeminentes em países-chave, onde nossas concepções poderiam florescer plenamente, estejam fazendo frente, de forma contundente e eficaz, contra o ideal comunista. Lech Walesa [1943–], embora contraditório em muitas questões, e o cardeal Karol Wojtyla [1920–2005], o Papa Paulo II, foram peças fundamentais para vencer as propostas do comunismo na Polônia e, assim, causaram enorme estrago no Leste Europeu. Ao examinarmos essa realidade e tantas outras coisas, podemos assegurar que, caso não façamos algo urgentemente, senhores, veremos se alastrarem pelo mundo muitas ideias de liberdade política, as quais poderão conduzir ao fim do socialismo.

Castro olhou para o homem forte e ponderou:

— A União Soviética está se esfacelando visivelmente, e acredito que não demora muito mais, talvez um ou dois anos, para que deixe de existir.

Vejam bem como estão as coisas na Alemanha! Está prestes a ser derrubado o muro tão caro ao nosso regime. Para mim, é como se alguma força estranha, não humana, interferisse em nossa política e nos diversos centros onde as ideias do socialismo eram aceitas e imperavam com vigor. É como se algo que desconhecemos nem dominamos agisse, discretamente, a fim de interferir na continuidade e na ascensão de nossa política.

— Temo, companheiro Castro, que, em apenas alguns anos, tudo o que tem ocorrido ao redor do mundo contribua para que o socialismo deixe de existir. Sei que é urgente fazer alguma coisa. Aliás, tenho sonhado muito com isso. Algo me diz que devemos trabalhar duro e rápido para deter as ameaças que vêm de todo lado. Precisamos descobrir um jeito antes que essa situação se agrave e chegue às Américas — disse o homem forte.

— Pelo jeito, senhores e companheiros, a solução será unir forças urgentemente. Fazer uma ofensiva, reagir! Cientistas políticos já detectam que estamos num campo minado e que os ideais comunistas, neste fim da década de 1980, estertoram. Infelizmente, esta é a realidade, e devemos revertê-la já. O momento requer prudência, mas a ação não deve tardar.

— No Brasil, parece que os seguidores de Marx e de sua ideologia estão com sérios problemas diante das ocorrências no cenário político internacional. Com a queda prevista da credibilidade do sistema soviético, companheiros, o desânimo se abate sobre os comunistas brasileiros e sobre os que defendem o socialismo; alguns até têm se unido furtivamente a outros partidos. Se bem que isso é até benéfico, pois, ao longo do tempo, as propostas socialistas serão incorporadas pelo maior número de partidos políticos possível, ainda que disfarçadamente. Porém, a situação geral é mesmo preocupante.

Fidel levou algum tempo pensando, embora sentisse de perto que alguma ideia estranha estivesse para lhe vir à tona. Sua intuição foi aumentada significativamente. Do outro lado da barreira das dimensões, um estrategista, perito nos ideais defendidos por ele e por seus companheiros, envolveu o déspota em profundo magnetismo. Castro pareceu sentir uma leve tonteira, pois a conexão com a rede neural que o ligava aos especialistas era acionada mais intensamente. Em suma, eram espíritos dedicados a manter o regime responsável pela morte, ao longo do século XX, de mais de 100 milhões de pessoas, contadas apenas entre civis, seus próprios cidadãos e compatriotas, sem falar da morte da fé e da esperança. Produtos da manipulação mental e emocional, os danos que tal sistema causou e ainda causaria à vida de centenas de milhões de pessoas estavam longe de acabar.

Fidel Castro, ou simplesmente Castro, como poucos o chamavam na intimidade, finalmente se manifestou depois de refletir e expandir sua consciência, de modo a ser acessada pelos tentáculos mentais de um mago que o induzia:

— Tenho sonhado muito, companheiro — falou ao homem forte. — De uns dias para cá, tenho a impressão de que temos pela frente uma missão; se eu fosse religioso, diria se tratar de uma missão quase divina. As ideias exatas eu não seria capaz de delinear agora, mas acredito piamente que devamos nos unir com todo afinco em torno de um projeto que significará muitíssimo para nós. Pelo menos teremos mais força ficando reunidos do que simplesmente trabalhando de forma separada, isolada, como estamos. Não podemos continuar a lutar sozinhos, ignorando a totalidade de nossos desafios. Uma vez que não sabemos muito mais do que nossos olhos e ouvidos veem e ouvem, respectivamente, convém nos atermos aos fatos que conseguirmos identificar. Portanto, que tal unirmos os esforços para formarmos um bloco de metas, uma coalizão que terá por objetivo mergulhar toda a nação latino-americana no comunismo? É claro que cada qual imprimirá seu selo pessoal ao movimento, de acordo com a característica deste ou daquele país, mas seremos mais fortes associados, trocando experiências e compartilhando estratégias.

Todos se entreolharam, convencidos de que a proposta de Castro era a salvação do regime comunista. Aliás, a sugestão de união de vários países havia sido ventilada anos antes, porém jamais fora apresentada sob a liderança aberta do ditador cubano, com a inspiração do próprio Fidel e dentro de semelhante contexto. Naquela ocasião, um senso de urgência pairava no ar, e a receptividade ao plano fora imediata.

— Então, a sugestão seria reunirmos os países onde há gente nossa trabalhando quase que isolada e formarmos uma espécie de governo paralelo? — indagou o homem forte.

— Formaremos um bloco socialista-comunista na América Latina, congregando também os países não latinos do Caribe, é claro.

O homem forte sentiu-se fisgado pelo projeto; na verdade, conectava-se, definitivamente, à mesma rede neural que ligava Fidel a seu manipulador, o mago e especialista em política das sombras. O brasileiro, imediatamente, associou-se ao ideal, enquanto ele parecia se desdobrar em cada forma-pensamento a entranhar-se na própria alma, pois encontrara terreno fértil para se reproduzir.

— Não podemos mascarar a situação, senhores — tornou o comandante revolucionário. — Estamos em vias de perder, de uma vez por todas, as referências significativas simbolizadas na União Soviética. Em breves anos, se não fizermos um movimento, perderemos espaço em nossos países e, dificilmente, nós o reconquistaremos. Essa é a realidade. A liderança estratégica do bloco socialista exercida pelo Partido Comunista Soviético foi e é muito importante para nós. Porém, agora, os tempos são outros. Faz-se necessário compensar o rombo deixado pelo vácuo de poder dessa União Soviética enfraquecida pelas políticas de Gorbachev [1931–]. Devemos nos unir numa coalizão comparável à anterior em poder e em extensão, igualando-nos também na posição ocupada no cenário internacional, ou seja, tornando-nos a referência mundial em matéria de comunismo.

Esse é um objetivo possível de ser alcançado caso nos unamos. Vou ordenar uma enquete em toda a América ao sul do grande inimigo a fim de apurar com quantas organizações poderemos contar. Quantos partidos, expoentes, autoridades e até religiosos poderão ser úteis ao nosso projeto? É importante listar cada peça — explicou Fidel, inflamado com a ideia que, naquele momento, já fluía de maneira mais aberta e detalhada em sua mente.

O homem forte estava eletrizado, pois sabia da posição de importância que seu país ocupava no contexto da América Latina. Naturalmente, entendia que ele, como emissário do Brasil, representando-o naquele encontro particular com o comando de Cuba, seria o líder nacional e quiçá regional ao encampar a proposta; à medida que a aliança tivesse êxito, teria moral para se tornar o maior foco de poder na América do Sul.

Pouco tempo se passaria até que se organizasse, sob a orientação do Partido Comunista Cubano, considerando-se a dimensão física, e sob a inspiração direta e intensiva dos ditadores das sombras, um encontro de diversas lideranças e organizações socialistas do continente.

No plano extrafísico, durante a noite, nos dias subsequentes, levaram-se a efeito ideias, inspirações e manipulações, de modo a atestar que, em todos os departamentos da vida humana, em regra, são os espíritos que dirigem os homens — tanto para o bem quanto para o mal.

O local se assemelhava a um amplo salão encravado em algumas rochas na subcrosta. Era um misto de laboratório frankensteiniano e ambiente medieval, onde, paradoxalmente, repousavam instrumentos de tecnologia avançada e se viam sinais cabalísticos inscritos nas paredes tortas, irregulares, bem como no teto e no chão. Símbolos de vários partidos e regimes inspirados pelas inteligências sombrias desde eras remotas eram exibidos por todo lado. Chamava atenção a suástica adotada pelo nazismo, em meio a emblemas de seitas secretas e até satanistas do passado, percorrendo os séculos até chegar às logomarcas de certas agremiações políticas da atualidade. A penumbra em alguns cantos e a luz vermelha em outros conferiam ao local um ar de mistério associado ao terror — atmosfera comum onde trabalhavam magos negros.

Ali, no entanto, não se praticava somente a magia mental das mais avançadas e tenazes, mas também a ciência de variadas épocas. Pesquisadores, reunidos, operavam seus equipamentos e aliavam seu saber à sapiência de magos milenares, hábeis na manipulação de elementais artificiais e de formas-pensamento. Na verdade, o que estava em desenvolvimento se poderia chamar de *tecnomagia*, ou seja, o produto da aliança de cientistas, mestres da tecnologia e donos da magia, os senhores da escuridão.

Em determinado canto daquele ambiente espaçoso, uma espécie de caverna esculpida nas entranhas da terra, havia nichos cobertos com um material semelhante a vidro, embora embaçado, devido a vapores de fluidos densos e deletérios que emanavam de certos aparelhos e também como resultado de experimentos feitos pelos déspotas do abismo. Dentro dos nichos, jaziam seres humanos, ou melhor, corpos etéricos de indivíduos ainda encarnados repousavam, embora aquele estado, talvez, não pudesse ser chamado de repouso. Um dos guardiões, infiltrado ali, ao anotar cada pormenor através da capacidade mnemônica, pôde identificar alguns deles. Duplos etéricos de determinados ditadores e representantes da política humana em sua face mais vil, bem como corpos espirituais de alguns deles, mantinham-se ali em caráter temporário, mas recorrente, já que foram levados até ali sistematicamente, por meio do desdobramento. Também se viam ex-governantes e ex-guerrilheiros confinados ao lugar de forma mais duradoura, uma vez que já haviam desencarnado. Todos provinham das mais diversas latitudes do globo e exerceram o mando sob cores ideológicas diferentes; o traço em comum entre eles eram as inúmeras atrocidades cometidas durante o exercício tirânico da autoridade. Conectavam-se, sem exceção, à teia neural que os ligava, no plano físico, a agentes das sombras, os quais pertenciam a uma ou mais das seguintes categorias: terroristas, políticos ou homens de negócio, a quem caberia desenvolver as ideias dos ditadores do submundo no jogo de poder travado na esfera material.

No interior dos esquifes, observavam-se, entre outros personagens, militares que governaram países latino-americanos com mão de ferro: da Argentina, Jorge Rafael Videla [1925–2013], e do Chile, Augusto José Ramón Pinochet Ugarte [1915–2006], assim como Efraín Ríos Montt [1926–], da Guatemala, e Alfredo Stroessner Matiauda [1912–2006], do Paraguai. Os dois últimos traziam fios tenuíssimos que os conectavam a diversos outros espíritos em estado de demência, asseclas seus nos processos que desencadearam a tirania ou culminaram no terror perpetrado em suas respectivas nações. Entre os que já haviam desencarnado na época, antigos nazistas, fascistas e comunistas, dos regimes alemão e italiano e do bloco soviético, respectivamente, permaneciam ali, aprisionados.

Os equipamentos se mostravam repletos de elementais artificiais, seres de vida temporária em forma de baratas, escorpiões e serpentes, os quais pareciam disputar os corpos etéricos tanto quanto espirituais capturados e mantidos ali, na fuligem do ambiente astral inferior. Sem cessar, aqueles indivíduos eram sugados, vampirizados, e suas energias, manipuladas por especialistas que os assistiam direta e individualmente, sem se descuidarem do precioso elemento que lhes fora confiado pelos agentes tenebrosos da escuridão mais profunda.

— Meu Deus! — pensou o guardião. — Que inferno deve ser para estes espíritos se conservarem assim, sob o domínio dos senhores das sombras.

Logo, o guardião tratou de disfarçar o pensamento para que não fosse identificado. Trabalhava ali como subalterno já havia mais de dez anos e atuava como agente duplo, mantendo os superiores informados sobre as artimanhas e as táticas inflamadas do inimigo.

Em torno de uma mesa de formato oval, assentavam-se, além de alguns senhores da escuridão, dois espectros, que, em silêncio, acompanhavam de perto os planos dos magos negros, pois um grupo não confiava no outro. Junto deles, outras cadeiras acomodavam aquele que viria a ser o comandante da Venezuela, Hugo Chávez [1954–2013], e também o homem forte, ambos em desdobramento, os quais traziam, enraizados na região do córtex e entranhando-se pela coluna vertebral, elementos fluídicos manipulados diretamente por um dos magos presentes. Além desses personagens, contavam-se generais que tomaram o poder e também governaram seus países com mão de ferro: do Peru, Juan Velasco Alvarado [1910–1977]; da Bolívia, Luis García Meza Tejada [1929–]; e da Uganda, Idi Amin Dada [c. 1925–2003], sendo que os dois últimos compareceram em desdobramento. Também de formação militar, Hugo Chávez gozava de uma posição de destaque naquela assembleia, dentro do laboratório dos ditadores do abismo, e se fazia cercar pelos revolucionários sandinistas da Nicarágua Tomás Borge [1930–2012], Carlos Fonseca Amador [1936–1976] e Julio Buitrago [1944–1969], entre outros companheiros.

Muitas outras figuras proeminentes ali se reuniam, com maior ou menor frequência, quer desdobradas durante o sono, quer desencarnadas, e eram igualmente manipuladas, doutrinadas e usadas. Entre elas, porém, havia líderes como o homem forte e Chávez, que compareciam por vontade própria, pois tinham firmado um contrato político-energético-espiritual com os verdadeiros donos do poder na dimensão além-física. Fios compostos de um material fluídico, mas que pareciam ligações elétricas e magnéticas, conectavam a região do córtex cerebral de todos eles aos esquifes e a seus habitantes adormecidos. Uma fina teia, iluminada com uma luz amarelada, encobria-lhes as cabeças, e notava-se, nitidamente, eletricidade percorrendo os filamentos, dando-lhe leves choques, com os quais a maioria havia se habituado.

— Sabem muito bem por que vocês dois foram chamados aqui, não é mesmo? — iniciou um psicólogo e hipno, ou seja, especialista em hipnose, o qual trabalhava intimamente associado aos políticos do mundo. Era o mesmo espírito que ajudara a despertar as habilidades de Pinochet, Mao Tsé-Tung [ditador chinês, 1893–1976], Che Guevara [guerrilheiro, 1928–1967], Alberto Fujimori [governante peruano, 1938–] e outros apoiadores da política implantada e adubada pelos senhores da mais profunda escuridão.

Somente quem avaliar, sem preconcepções e sem partidarismo, a situação do planeta sob a ótica espiritual e conhecer os bastidores da guerra extrafísica em andamento na humanidade entenderá o envolvimento de forças imorredouras, de artífices do poder e da disputa pelo domínio planetário engendrados pelos ditadores do abismo. Sem esse espírito liberal, sem a mente aberta e disposta a analisar o fenômeno em si — de modo isento, tanto de preconceito como de religiosismo político e partidário —, jamais será possível compreender o jogo sedutor do poder, patrocinado pelas inteligências além-físicas, cujo estratagema consiste em adiar o progresso do mundo, uma vez que é impossível impedi-lo, terminantemente.

— Sim, sabemos por que fomos chamados. Nós mesmos propusemos um contrato com os que dominam a Terra, os donos do mundo. Somos aliados voluntários daqueles denominados como senhores da escuridão — respondeu o homem forte, externando seu pensamento e o de Chávez.

— Minha especialidade — tornou o hipno e psicólogo a serviço da elite das sombras — é trabalhar a estima e a consciência de nossos representantes no mundo e neles desenvolver as habilidades existentes ou embrionárias, a fim de que nossas atividades e intenções sejam plenamente satisfeitas e realizadas quando retornarem à vigília.

Havia outros espíritos presentes, juntamente com o hipno e sua equipe, que registravam tudo e anotavam cada reação dos enviados das sombras ainda encarnados. Objetivavam avaliar-lhes a capacidade de ressonância e as emoções diante do trabalho sutil, psicológico e eivado de truques e métodos dos mais modernos no que tange à aplicação de técnicas hipnóticas.

— Vocês dois foram escolhidos, ao lado de nosso Fidel, que, neste momento, encontra-se mais ao fundo e é submetido ao aprimoramento de seu processo simbiótico, porque apresentam características psicológicas especiais e, ao mesmo tempo, semelhantes.

Os dois homens se entreolharam, pois, quer no corpo físico, quer fora dele, com efeito, mantinham relacionamento próximo, afinados que eram em termos de ideologias e de metas.

— Em ambos os casos, o foco de seu trabalho será a classe mais sensível da população. Trabalharemos em vocês sua capacidade de mobilização popular e outros atributos de sua personalidade.

Certas habilidades merecem abordagem especial, já que ainda estão adormecidas desde a última encarnação.

Mais uma vez, os dois companheiros desdobrados entreolharam-se. Estavam ali por vontade própria, visando reestabelecer um pacto de poder. Porém, a despeito de permanecerem fora do corpo, projetados na dimensão astral inferior, não levavam a sério esse negócio de reencarnação.

— Sei que enfrentaremos muita resistência em nossos países — observou Chávez, acentuando a necessidade de obterem reforço por parte dos aliados na dimensão sombria. — Por isso, precisamos de adesão e de gente preparada estrategicamente à nossa volta.

— Sabemos disso, companheiro — respondeu o hipno especializado em psicologia e em manipulação mental e emocional. — Convém contarmos com a desinformação do povo, ainda que em nações diferentes, principalmente no que diz respeito aos planos a serem apresentados, concernentes à política social e às ideias em pauta. Esse elemento será tão importante quanto o apoio de nossa parte. Por certo, venceremos a resistência de políticos contrários ao nosso projeto de poder. Nossos adeptos nos favorecerão com uma crença indestrutível, visto que nosso apelo terá natureza muito mais emocional, passional. Afinal, sempre houve grande número de entusiastas em todos os países onde implantamos nossa política, como na Polônia, na Coreia do Norte, na Iugoslávia, na Rússia e nas nações soviéticas, entre outros.

"Além do mais, está em desenvolvimento no mundo um sistema bastante moderno de comunicação e de compartilhamento de informações, através de uma superestrada de dados em fluxo contínuo — o especialista se referia à internet —, o qual, tão logo se estabeleça e se popularize, será nossa maior ferramenta para angariar parceiros e também arregimentar nosso pessoal disperso pelo mundo. Logo, logo, em apenas alguns anos, a febre que envolverá essa rede mundial de informações será um dos nossos principais trunfos na jogada de poder. Trata-se de uma revolução no modo de se comunicar e na linguagem, a qual afetará a imprensa e a maneira como todos percebem e interagem com os acontecimentos. Assim, será fácil convencer gente de poder e carisma; uma vez cooptados, se tornarão partidários fervorosos. Lidaremos, sobretudo, com os revoltosos da sociedade, os insatisfeitos e aqueles que querem se beneficiar obtendo recompensas não apenas de ordem financeira. De ponta a ponta na pirâmide social, indivíduos com esse perfil serão nosso alvo por excelência."

— Mas imagino que essa nova forma de divulgar ideias, companheiro, será utilizada por todos. Portanto, devemos contar com os que se opõem a nós. Certo? — falou o homem forte, especulando sobre o emprego dado à internet no futuro, particularmente pelos que combateriam as propostas defendidas por ele e seus aliados.

— Não se preocupem. Estamos preparando algo que os transformará em mitos, em ícones em seus respectivos países. Diante da imagem que forjaremos de vocês, não haverá poder de comunicação mais forte ou suficientemente forte a ponto de destruí-la.

Os amigos menearam a cabeça ao cruzarem os olhares. No mesmo instante, Fidel chegava à sala de reuniões, embora estivesse num estado de sonambulismo induzido magneticamente. Era conduzido por um hipno e um *sugestor* — nome este escolhido entre os dignitários na hierarquia das trevas para denominar um especialista em imprimir sugestões hipnóticas específicas na mente de comparsas encarnados em desdobramento. O sugestor que acompanhava o cubano obteve permissão para contribuir com a conversa, pois era profundo conhecedor da situação e dos projetos. Ele próprio auxiliara o hipno que dialogava com Chávez e com o homem forte a elaborar o conceito e a estratégia de divulgação da imagem de ambos, que seria adotada nos países de cada um deles.

— Você subirá ao poder, homem forte — anunciou o hipno, resoluto. — Aliás, já teve início seu processo de mitificação. Tudo foi pensado e tem sido executado dentro dos mais modernos conceitos e ferramentas de controle mental e emocional, segundo desenvolvemos deste lado da barreira das dimensões. Porém, para que nosso plano em relação a vocês dois se consume, principalmente em relação a você, homem forte, devemos obedecer estritamente ao projeto, ao mapa mental traçado por nós. Levamos em conta aspectos da formação cultural e política do povo brasileiro, entre eles a tendência mística e o gosto por salvadores da pátria e governantes que assumem o papel paternal, embora esta última característica seja comum a diversas nações da região. No esquema preparado para você, contemplamos essa realidade abstrata, mas palpável e que acomete a maioria da população. Quanto a Chávez, os elementos fundamentais de nosso projeto requerem apenas leves adaptações devido aos contextos social e político venezuelanos.

Enquanto o hipno falava, aproximaram-se dois técnicos, que traziam determinado aparato tecnológico para ligá-lo aos cérebros extrafísicos dos dois homens desdobrados. Assemelhava-se a um capacete, conquanto fosse de material sutilíssimo, quase uma película transparente, capaz de transmitir imagens, sons e sensações a seus usuários ou, mais apropriadamente, hospedeiros. Tal aparelho deveria se acoplar a seus paracérebros e, com o passar do tempo, entranhar-se definitivamente no órgão físico, embora pudesse acentuar, como efeito colateral, problemas de imunidade. Certas questões de saúde, provavelmente, viriam à tona, pois a frequência em que oscilavam tais equipamentos ainda não fora completamente testada. Os cientistas a serviço da escuridão desconfiavam de que a diferença de vibração entre a tecnologia empregada e os corpos energéticos e espirituais das cobaias pudesse ocasionar grave complexidade. Não obstante, os manipuladores estavam mais interessados na difusão das ideias e da política sombria, em garantir que fossem postas em prática no mundo; o bem-estar de seus comparsas não era prioridade.

Assim transcorreram o planejamento e a ação dos cientistas envolvidos no projeto criminoso de poder das entidades sombrias. Levavam a cabo um processo obsessivo em grau máximo, como quase ninguém conseguia conceber. Sem dúvida, ingrediente indispensável para tamanho alcance era o consentimento, ou mais, o desejo manifesto e tenaz dos comparsas encarnados, no plano físico, de compactuarem com aquelas práticas.

Capítulo 4

O FORO DE SÃO PAULO

DIFICILMENTE SE TERIA ouvido de um plano tão maquiavélico e detalhado para dominar todo um continente, além de arruinar uma nação, de maneira paulatina e programada, comprometendo, de roldão, a concretização de seu projeto espiritual. Ao menos não era trivial, mesmo sem que a tática contivesse, em seu cerne, a eclosão de guerras civis claramente delineadas e conflitos armados internacionais, de cujos exemplos o século XX é farto — não que essa hipótese passasse completamente ao largo dos desígnios sombrios; era, indubitavelmente, um curso possível. No entanto, tudo fora traçado para que o desmonte se sucedesse de modo gradual, num grande experimento que empregavam os ardis mais sórdidos em grau superlativo. Mentira, distorção da realidade, fanatismo, subversão cultural eram acessórios de uma notável operação de *marketing* — ou, talvez com mais acerto, de ilusionismo — que embalaria a derrocada em uma cantilena de progresso e a dissimularia, mesmo quando se tornasse iminente, sob a aparência de normalidade. Adicionando boa dose de euforia e ufanismo, o processo culminaria nas raias da fascinação, entendida como grave patologia espiritual, que se abateria sobre a psicosfera nacional.

Já se disse que a árvore do Evangelho foi transplantada para o Brasil. À parte as interpretações que se queiram dar a essa sentença ou a controvérsia que porventura suscite, é um dado da programação e mesmo da realidade espiritual que o país representará, no futuro, um celeiro para o mundo, uma fonte de concepções de espiritualidade, isto é, um foco de onde se irradiarão, a todo planeta, ideias de progresso e ideais de liberdade e fraternidade. De modo análogo, existe também um planejamento para a América Latina. Assim como outrora civilizações, impérios ou nações tiveram protagonismo no palco dos acontecimentos planetários — Atlântida, Babilônia, Grécia, Roma, Portugal, Reino Unido e França, entre outros —, na atualidade, os Estados Unidos cumprem a função de liderança e influência mais importante em âmbito global. O Brasil e a América Latina, por sua vez, terão um papel mais representativo a desempenhar no concerto dos povos e no projeto evolutivo da Terra. Já se podem observar as sementes e até alguns frutos daquelas ideias ao se constatar o número de seres corporificados num mesmo país, o Brasil, os quais, oriundos de culturas religiosas diversas, atuam ou atuaram como farol para o desenvolvimento da mensagem de espiritualidade, independentemente do formato adotado.

A tal ponto esse fato acerca do futuro brasileiro e latino-americano é consenso na dimensão extrafísica — e não apenas nas esferas espirituais — que, com base nisso, pode-se compreender o porquê de se concentrar ali a ofensiva das forças da escuridão, que tenazmente puseram essas terras sob sua mira, no escopo de uma investida deveras ambiciosa e bastante original. Afinal, o projeto criminoso das sombras, muito mais do que intentar o domínio restrito à arena política, foi desenvolvido com a missão clara de impedir que o Brasil e a América Latina cumpram sua destinação de farol do novo mundo. Além disso, tem como objetivo frustrar todo o investimento e sabotar o maior número de iniciativas no campo da espiritualidade, da promoção humana e do desenvolvimento educacional e social, as quais deveriam se proliferar e emanar das terras brasileiras. Ao agirem desse modo, as entidades sombrias pretendem adiar indefinidamente a difusão dessas ideias, a emergência de seus expoentes, pois não ignoram que tais conteúdos de espiritualidade são capazes de modificar profundamente a perspectiva e, por conseguinte, os conceitos e os comportamentos de inúmeros habitantes da Terra. Já se imaginou a força inerente à mera publicidade do roteiro das organizações das sombras, levando-se seriamente em conta tal realidade ao se considerarem os problemas humanos e conceberem-se políticas e soluções para os enfrentar? Quão amplos horizontes se divisariam ao se despertar e fomentar uma nova consciência de humanidade ao redor do mundo, preparando-o para adentrar uma era de expansão e maior expressão do espírito humano?

Nenhum desses fatores escapa à consideração dos ilustres magos do abismo e de seus superiores na hierarquia das trevas. São eles que estão por trás dos estratagemas que têm por finalidade, em última análise, dar à luz um anticristo[1] e entronizar o falso profeta,[2] os quais, "se possível fora, enganariam até os escolhidos",[3] segundo registrou o evangelista.

DEBAIXO DE TODO esse panorama, mas preferindo dissimular os objetivos de alcance mais pro-

---

[1] Cf. 1Jo 2:18,22; 4:1-3.

[2] Cf. Ap 16:13; 19:20; 20:10. Cf. "A besta e o falso profeta". In: PINHEIRO, Robson. Pelo espírito Estêvão. *Apocalipse*: uma interpretação espírita das profecias. 2. ed. rev. ilustr. Contagem: Casa dos Espíritos, 2005. p. 195-202.

[3] Mt 24:24 (BÍBLIA. Português. *Bíblia de estudo Scofield*. Tradução Almeida Corrigida Fiel. São Paulo: Holy Bible, 2009). Cf. Mc 13:22.

fundo e dilatado no tempo, as entidades perversas bajulavam, com pormenores dos planos, a figura escolhida para levar avante suas conquistas.

— Pois bem, homem forte. Concentraremos nossa exposição no seu caso, pois ele é base para o projeto de poder ligado tanto ao venezuelano como aos demais.

Já acoplados aos dois homens, os aparelhos similares a capacetes translúcidos enviavam imagens e mensagens gradativamente mais nítidas à medida que o hipno tecia explicações. Tudo se tornara muito mais claro para ambos agora que se beneficiavam daquela conexão mais sofisticada, pois o equipamento era bastante aperfeiçoado em relação à versão usada até então. O aparato acentuava a vontade dos dois e aumentava de forma vigorosa tanto o apetite por poder quanto o carisma e a capacidade de persuasão. Os dois políticos em desdobramento logo tiveram o aspecto perispiritual sensivelmente transformado; a postura também se modificou. Imagens e conhecimentos arquivados no psiquismo, na memória mais profunda, vieram à tona devido à influência da tecnologia inovadora. Os olhos de ambos brilharam, num misto de vaidade e excitação.

— Em seu país, homem forte, você já ocupa,

no meio onde transita, a posição que acordamos previamente — continuou o hipno. — Não se esqueça de que não poderá influir sobre as etapas ou acelerar o desenvolvimento de nosso planejamento ou mapa mental. Deverá cumprir a parte que lhe cabe a fim de que possamos engajar todos os elementos necessários à criação do mito em torno de seu nome e de sua pessoa.

— Para isso — intrometeu-se o sugestor —, segundo nossos planos, você deverá mudar, paulatinamente, aquilo que mostrou ao eleitor e à sociedade por intermédio do partido que o representa. Preste atenção ao que eu disse, homem forte! Não é você quem deve representar o partido, mas o contrário: o partido todo deve representar você e suas ideias, de modo que nada, absolutamente nada possa ser feito sem seu aval e seu conhecimento. Você se manterá inteiramente a par de tudo e no controle absoluto de todos, ainda que, mais tarde, tenha de negar que conheça cada detalhe do que for feito por seus soldados. Sim, pois não terá seguidores apenas, mas soldados ou servos, que obedecerão cegamente a tudo o que disser.

Ao lado daquele ambiente sombrio, em outros antros, todos dentro das cavernas onde se abrigavam os laboratórios para experimentos de poder, havia dezenas e dezenas, talvez centenas de seres humanos sendo submetidos a tratamento semelhante. Eram entusiastas de ideias pretensamente revolucionárias e futuros colaboradores, que seriam alçados a posições-chave em postos de comando em empresas, sindicatos, partidos, órgãos de governo, de imprensa e comunicação, os quais apoiariam todo o esquema de poder desenvolvido na penumbra do ambiente astral onde transitavam os ditadores do abismo.

— Mas como fazer uma transição tão importante assim? Entre o que apresentei ao povo até aqui e a nova postura, ou a verdadeira face do nosso projeto, como me mover sem que eu seja desmascarado? Será preciso contar com pessoas habilidosas, com uma equipe de alta capacidade para levar adiante o projeto ao longo dos anos — comentou o homem forte, preocupado em como lograria exibir uma face e, depois, comportar-se de modo diferente, sem soar inconsistente nem causar danos à sua imagem.

— Não se preocupe, companheiro. Sabemos, e você também sabe, que é detentor de um dom muito especial. É um homem conciliador e plenamente capaz de celebrar alianças espúrias, algo inconcebível para quem se diz do bem e para os que se consideram bons. Por isso mesmo, sua tarefa, nesse ponto, não será a de fazer guinadas bruscas, estruturais; deixe isso por conta da equipe que o assessorará, já encarnada e devidamente posicionada em setores estratégicos da sociedade brasileira. Preparamos pessoas inteligentes e políticos profissionais, todos embebidos no mesmo caldo de cultura política e espiritual que desenvolvemos nos bastidores da vida. Quer queira, quer não, terá de realizar alianças e conchavos com indivíduos considerados da mais baixa categoria na cena política. Sem eles, não poderá mudar os rumos da máquina pública e da nação, tampouco conseguirá apresentar a nova rota e instituir o novo meio de se fazer política — tudo isso sem que jamais você seja prejudicado. Pense nesta grande vantagem: esses aliados de ocasião servem para ser jogados na fornalha em seu lugar, tão logo percam a utilidade ou ocorra qualquer ameaça séria ao projeto.

— Baseando-nos nos mais modernos estudos do comportamento do psiquismo, elaboramos um esquema perfeito para que você seja apresentado à população gradativamente, porém, com suporte total para chegar ao ponto onde queremos — tornou o sugestor, enquanto Fidel, sua cobaia, retomava plena, mas lentamente a consciência. O tirano aos poucos despertava para o que era discutido pelos especialistas das sombras.

Prosseguiu o sugestor, após hausto grave e soturno:

— Convém que seja apresentado à nação como um sujeito associado a determinado capital simbólico, como uma figura histórica, quase messiânica, capaz de redimir os pecados de séculos de opressão e restaurar a ordem popular. Para isso, contamos com os dotes de seu passado, época em que foi magistralmente preparado pelos senhores da escuridão, levando-se em conta todo o programa que desenvolvemos ao longo de décadas, principalmente antes de sua corporificação atual. Sua trajetória, desde a infância, será narrada como uma saga, semelhante à dos super-heróis do universo da ficção, tão apreciados pela massa.

"Primeiramente, como não pode faltar a nenhum super-herói que se preze, sua origem será apresentada sob uma carga emocional ímpar, uma história comovente e sofrida, de quem foi, ao mesmo tempo, vítima e vencedor dos aspectos socioculturais e econômicos em que supostamente se deram sua infância e sua juventude. Essa narrativa do oprimido de sucesso é essencial para compor o quadro que desenhamos a fim de poder, no momento oportuno, apresentá-lo ao povo como o maior herói político e social que o Brasil já conheceu. Tudo concorrerá para formar o que chamamos de capital simbólico, que o dotará de uma autoridade icônica, própria de quem está acima das leis, acima do bem e do mal, e é reservada apenas a personagens muito diletos da história humana. Deveremos explorar tal patrimônio quando chegar a hora, sobretudo quando o revolucionário sistema de comunicação — a internet — estiver plenamente desenvolvido na dimensão física."

— Em segundo lugar — complementou o hipno, empolgado com o plano para materializar no mundo o projeto criminoso de poder —, seu nome deve ressoar em meio à classe mais pobre e, também, em meio aos que clamam por justiça social, ou seja, os que foram criados de acordo com os preceitos de nossa doutrina. Com a biografia cheia de aventuras, agruras e superação, encontrará ressonância exatamente em meio a essa gente. O último grupo, que até pode ter integrantes do primeiro, mas não necessariamente, conta com um fervor religioso, embora seja de natureza secular. De tal modo anseia por um salvador, já cantado em prosa e verso, que sua emergência do âmago da classe oprimida equivalerá, para seus devotos, à unção de um messias capaz de restabelecer a paz na Terra. Como principal responsável por restaurar as greves públicas, você já começou a pavimentar essa estrada, consagrando-se como a voz do povo massacrado e explorado. Que seu advento na vida pública tenha se dado assim já será o bastante para conferir projeção e credibilidade ao seu nome, à sua pessoa.

Depois de maravilhar-se com o objeto da própria descrição, enriquecida com imagens e outros recursos pedagógicos, o hipno arrematou:

— É forçoso reconhecer a genialidade, a abrangência e a minúcia do programa que foi estabelecido desde muito antes de seu nascimento, homem forte... Há de convir que tantas peças não se encaixariam por mero acaso.

— Mas não acha isso demorado demais? Digo, será preciso muito tempo para que o plano seja integralmente cumprido — observou o homem forte. Chávez meneou a cabeça, compenetrado, pois via, tanto no programa delineado quanto na objeção do amigo, fatores caros à trajetória que lhe competiria trilhar, a seu turno, no escopo do grande projeto de poder para a América Latina. Anotava tudo quase que em silêncio total.

— Temos de considerar, companheiro, que seu primeiro contato efetivo com a política consumou-se apenas em 1975, quando se tornou líder sindical. Ao lado disso, o amadurecimento da vontade popular requer trabalho paulatino, o que vem ocorrendo sobretudo desde 1979, por meio dos desacertos do governo militar e dos que o sucederam. A conturbada década de 1980 foi essencial nesse sentido. Além disso, o seu próprio amadurecimento era necessário. Note que, dos planos que compartilhamos com vocês, inclusive com Fidel, nosso velho aliado, guardam somente vagas lembranças e intuições ao retornarem ao corpo físico. O cérebro físico exerce um peso descomunal sobre os elementos mentais e as recordações das experiências vividas do lado de cá. É preciso ganhar desenvoltura e ter tempo para recobrar alguma consciência das experiências enquanto entra em contato com a realidade do seu país e se projeta como solução para os problemas históricos, investido da legítima consagração dada pelo clamor popular.

"Dependemos muito da reação do eleitor, que, neste como nos casos citados anteriormente, de outros países, sempre corresponde ao que semeamos em sua mente. Aliás, esse aspecto não reserva grandes problemas, pois basta acentuar o que já existe nas crenças e nas emoções do povo. Juntamente com Chávez, na Venezuela, vocês apenas acenderão o estopim dos acontecimentos. A população se maravilhará diante de vocês e do personagem, do mito que encarnarão. Enganarão até mesmo diletos representantes do Cordeiro e de sua política, pois vocês serão vistos como salvadores da pátria, enviados celestes para implantar a utopia na Terra.

"Mas não se aflijam. Em paralelo a tudo isso, temos atuado fortemente sobre os movimentos de esquerda de base, os intelectuais e os estudantes. Como atingir e manipular esses grupos é fundamental, arquitetamos o cenário nas universidades com muito esmero, de forma que nossos aliados promoverão uma lavagem cerebral dentro das instituições de ensino. Recrutaremos, assim, tropas de militantes cujas fileiras serão engrossadas ano a ano. A Igreja, também, em certa medida, será importante apoiadora de seu, ou nosso projeto — enquanto ouvia atentamente, o homem forte riu, olhando para Chávez e Fidel. — Sobretudo por meio da Teologia da Libertação, nascida em solo latino-americano, contaremos com grandes colaboradores de nossos objetivos entre os fiéis. Cumpriremos literalmente a profecia criada pelos religiosos: 'toda a Terra se maravilhou após a besta'."[4]

Nesse momento, Fidel, já totalmente desperto do sono sonambúlico a que fora induzido pelo seu sugestor, contribuiu com a ideia manifesta pelo hipno:

— A causa trabalhista deverá ser a sua bandeira, companheiro. Assim conseguirá arregimentar forças contra a classe política instalada em seu país, já que o contexto de sua nação não permite uma revolta aberta. Portanto, levará a cabo uma revolução considerando mais os desejos do povo e menos a realidade; no seu discurso, deverá prevalecer sempre o que o povo pede, o que o povo quer, independentemente de esta sua atitude ser genuína ou apenas uma artimanha e de as medidas clamadas serem ou não corretas, justas ou adequadas.

— Pois bem, homem forte — interferiu o hipno na fala de Castro. — Importa investir com rigor na construção de uma imagem pública de grande precisão a seu respeito. Para tanto, você terá de colecionar algumas derrotas, o que foi contemplado em nosso planejamento. Elas serão usadas,

[4] Ap 13:3.

mais tarde, para dar maior sabor à vitória, tendo você como protagonista deste movimento de implantação de nossas ideias.

— Não podemos perder tempo — interrompeu-os um dos senhores das sombras, que até então se mantivera calado. — Entendam que foram trazidos até aqui para nossa última reunião antes de consolidarmos, no plano físico, nosso plano de longa duração.

Alguns dos convidados pareciam dopados, uma vez que estavam mais ou menos ligados aos duplos etéricos de espíritos aprisionados nos esquifes de vidro. Pareciam drogados, embora pudessem receber as ordens mentais hipnóticas que lhes eram dadas por magos e seus asseclas, cientistas voltados para o mal e a ambição por dominar a qualquer custo.

Aquela era uma associação de entidades voltadas exclusivamente a assegurar a vigência da política das sombras entre encarnados. A ideologia que os unia era o autoritarismo, a sede de mando, a sanha por impor seu jugo. Cooperavam tão somente por reconhecerem que, sozinhos, jamais seriam capazes de concretizar, em tempo hábil, o projeto demoníaco de manipulação das consciências conforme haviam esboçado, ao menos não em âmbito tão amplo, com aspirações globais. Eram arquitetos da destruição, e, por isso mesmo, a obra de influenciação urdida nos recônditos daquela cripta jamais poderia ser classificada como um processo convencional de obsessão. Não! Estava-se diante de um feito tão extraordinário que talvez não fizesse jus nem mesmo ao conceito de obsessão complexa, por ultrapassá-lo. Todavia, como faltam palavras claras para designar fato tão inusitado, o adjetivo *complexo* permanece válido, sendo o termo mais próximo, entre as alternativas consagradas, para qualificar o tipo de ardil obsessivo em andamento.

Os espectros observavam tudo, visivelmente interessados, porém, sem se manifestarem. Havia algo no ar, com absoluta certeza, mas eles preferiram aquiescer ante o planejamento dos cientistas sociais e políticos ali presentes, a serviço dos senhores da magia.

— Você, homem forte! — apontou um dos magos na direção do político desdobrado. — Sabe que está inexoravelmente ligado a nós, não é mesmo? Ai de você se nos trair!

— Jamais, senhores! Somos correligionários, e seus planos são nossos também! Afinal, pertencemos ao mesmo partido.

— Sei de sua habilidade em convencer as multidões, de sua frieza em administrar questões intricadas e espinhosas, de sua dissimulação quando se trata de mentir e manipular a opinião pública, bem como de sua capacidade de gerenciar crises e reerguer-se após qualquer abalo. Apesar de tudo isso, homem forte, queremos lhe afiançar que não estará sozinho. Contará com mais de 30 auxiliares diretos, além de muitos outros indiretos, que temos preparado para garantir o suporte à obra que você encabeçará em seu país. Olhem para trás — falou a entidade malévola ao indicar determinado contingente.

Todos lhe obedeceram instintivamente. Viram uma equipe de cientistas — médicos, neurologistas e neurocirurgiões radicados no astral inferior — conduzindo dezenas de homens, isto é, encarnados em desdobramento, os quais foram todos acondicionados, cada qual em um esquife. Ao imergirem nos fluidos densos dos seres que ali jaziam, os corpos espirituais de cada dupla acoplaram-se mutuamente, como se houvessem se fundido, embora não fosse exato dizer assim.

— Todos eles se submeteram à influência direta de nossos agentes e serão policiados, examinados de perto. A cada mês, todos os meses, receberão ordens pós-hipnóticas e, assim, estarão dispostos a entrar no fogo, nas chamas do inferno, se preciso for, a fim de lhe darem suporte nessa trama engenhosa, cuja face visível é a sua. Agora, veja mais — ordenou, apontando agora para outra pessoa, que era conduzida por um dos cientistas.

— Ella será seu braço forte — tornou o hipno —, ao lado da equipe que compusemos, cujo preparo está em curso, para que o auxilie ainda mais intensamente. Quanto a Ella, você a apresentará à nação no momento em que alcançar toda a representatividade que lhe está reservada perante a comunidade internacional, o que se dará com os demais aqui presentes na retaguarda, principalmente com Hugo e Fidel, que são peças-chave para materializarmos no mundo um retrato pálido do que ocorre do lado de cá. Mediante seu aval, Ella lhe sucederá no poder, apenas para destruir, dilapidar e pôr de joelhos a nação cujo programa queremos alterar. De tal maneira tudo se dará que o povo clamará por sua volta. Ella terá um papel duplo e será diretamente conduzida por um de nossos auxiliares encarnados. Ela zombará da inteligência do povo e dos que não a apoiarão, pois que decerto enfrentará lutas e amargará derrotas. Durante esse tempo, você terá um papel mediador, por fim denunciando-a como quem o abandonou, traiu-lhe a confiança, não o escutou devidamente. Esse discurso cordato, posando como vítima, pavimentará a estrada para que retorne triunfante após um tempo de recuo. Cada ato faz parte de nosso roteiro, cuja culminância é o regresso vitorioso, que consolidará nosso projeto de poder de uma vez por todas.

— Estarei inteiramente à disposição, e sabem que podem contar comigo.

— Será Ella quem lhe sucederá, porém, terá de cumprir um papel deveras difícil. Apesar de o defender e ter em você um ícone, um verdadeiro pai e, ao mesmo tempo, um mentor de suas atitudes políticas, ela causará a extinção daquilo que denominam conquistas sociais. Ella marcará profundamente a história de seu país, levando-o a bancarrota, o que atende duplamente a nossos interesses.

— Mas não poderão eleger outra pessoa, senhores? A mim me parece que Ella é bastante inexperiente para o comando de uma nação, ainda que tenha se fortalecido em outras áreas...

— Você está correto quanto ao juízo que faz dela — respondeu o especialista das trevas. — No entanto, é parte de nossa estratégia que ela assuma temporariamente seu lugar. O objetivo principal por que será alçada ao poder é criar as condições para que seu retorno, homem forte, seja triunfante, e sua imagem, como a de Chávez, adentre a posteridade. Não podemos nos dar ao luxo de criar ícones que morrerão junto com o corpo físico. Queremos messias, símbolos que perdurarão na memória do povo como salvadores nacionais, pois assim lograremos perpetuar o sistema de poder político a que ambos darão origem.

— Perdoe-me, senhor, mas suas palavras ainda não esclareceram por completo o papel de Ella no contexto da formação de minha identidade — insistiu o homem forte. — Como ela poderá contribuir com o surgimento de um mito, como pretendem fazer comigo, se serei seu padrinho político? Conseguirei dissociar minha figura dessa afilhada uma vez constatada a bancarrota?

O hipno, então, abriu um arquivo à sua frente e retirou de lá um papel com a descrição detalhada do projeto. Mostrando-o aos presentes, explicou:

— É imperativo que Ella o substitua. Após você sacramentar seu nome, homem forte, ao desempenhar o papel de bom administrador e deixar um legado em torno da figura emblemática que forjará ante a nação, Ella deverá entrar em ação. A história de sucesso do homem pobre, trabalhador, honesto e bem-sucedido só se completará se a sua escolhida, embora tenha sido indicada por você, apresentar como resultado a destruição de tudo aquilo que construiu, segundo os olhos da população. Será como se a filha tivesse dilapidado o patrimônio e a herança que o pai devotado deixara. Esse desfecho atende também a outros interesses nossos, é verdade, mas o que lhe interessa é que se trata de um enredo no qual ninguém se furtará de comparar e pedir por sua volta, clamar pelo pastor que virá redimir o rebanho.

"Ella desmontará as chamadas conquistas sociais, como já disse, muito mais por incompetência em administrar e por sua característica de querer solucionar os desafios sozinha do que por real vontade de errar. O passado revolucionário de Ella arde dentro dela, e, sendo assim, tanto as experiências da atual encarnação quanto as que viveu no pretérito reacenderão a sanha belicosa e de poder desmedido. Ao afastar-se do comando da nação, Ella a deixará destroçada, financeira e moralmente arruinada. Será ela a responsável direta por fazer o país mergulhar na mais profunda crise econômica e social de sua história, embora ela jamais reconheça o fracasso. Aliás, nenhum de vocês poderá admitir que errou, pois o erro deve ser menosprezado e, invariavelmente, lançado sobre seus oponentes na forma de acusações e anátemas. Jamais vocês assumirão parte em qualquer erro ou crime em sua trajetória; sempre se farão de surpreendidos e simularão indignação genuína."

— Mas se Ella destruirá tudo o que foi marcado como conquista, como sucesso econômico, não entendo como poderá contribuir para a formação de uma imagem, de um ícone... — redarguiu Chávez, por sua vez.

— Repare bem, companheiro: com você ocorrerá algo muito semelhante, pois escolhemos uma pessoa de perfil similar para apor à sua figura; alguém que, com leve nuance, dadas as diferenças culturais entre os países, desempenhará o mesmo papel de Ella na Venezuela.

"Dentro do planejamento de dominar as consciências, de manipular a vontade do povo, Ella cumpre uma função especial. Como é absolutamente incapaz de reconhecer seus erros, isso nos auxiliará bastante, pois sustentará, mesmo no cenário mais adverso, que os culpados são seus opositores. Por sua vez, estes se reunirão sob uma bandeira única a fim de derrubar as pretensões da governante. Será nosso trunfo. Convém contar com certos inconvenientes relativos às características comportamentais e ao caráter de Ella, mas mesmo esses aspectos nos favorecerão em longo prazo. A mediocridade e a inépcia no campo da política, por exemplo, a deixarão atordoada, sem rumo. Contudo, será justamente por isso que Ella não se envergonhará de lançar mão de mentiras e distorções a fim de se agarrar ao poder, refutando qualquer responsabilização. No fim das contas, com todos os recursos e a soma invejável que tanto ela quanto os cúmplices em posições estratégicas movimentarão, será fácil dizimar a moral e o discurso dos adversários.

"Nesse momento, homem forte, você reaparecerá como o milagre, o redentor, apenas para consagrar sua imagem de homem probo, inteligente e habilidoso nas questões políticas, defensor dos pobres, exaltado como o único meio de livrar o Brasil dos desatinos causados pela sucessora fracassada. Sem se aperceber, Ella fomentará o anseio popular e dos poderosos por seu retorno à arena pública. Ao passo que, de um lado, deverá ficar claro para ela que somente você é quem a coordena, seu espírito revolucionário e rebelde não se privará de promover o caos. De outro, você apontará todo o estrago como evidência de que ela não soube corresponder à confiança depositada por você — mas o fará em tom compassivo, complacente, como um pai que é capaz de compreender os arroubos da filha insensata. Após esse gesto, sua imagem será venerada, ardentemente desejada.

"Passado esse caos político, administrativo e econômico, você, enfim, será eleito o homem do século, o homem que soube tirar, por duas vezes, o país da desgraça. Somente então você verá sua figura gravada indelevelmente na cultura do povo. Mesmo depois que você morrer, homem forte, ninguém, nenhum homem público reunirá condições de furtar-se à centralidade de sua herança política, tampouco de apagar o rastro de sua passagem pela cena nacional. Ninguém ousará desprezar as marcas de seu governo; nenhum candidato conseguirá, em tempo algum, ir contra a bandeira que se hasteará, de forma perene, estampando a nossa estrela socialista. Esta ganhará, a partir de então, sua insígnia pessoal, homem forte, pois sua trajetória elevará o regime a determinado patamar que nos permitirá, com ainda maior voracidade, permear o mundo de nossas políticas. Quanto ao Brasil, a própria bandeira de sua terra será, pouco a pouco, modificada; todos clamarão por um estilo político que você imprimirá. Nunca mais nenhum outro regime será aceito depois que nosso plano se consumar e seu cerne se fixar na mente das pessoas."

— E se falhar? Como realizaremos nossos projetos?

— Falhar?! De forma nenhuma, homem forte! Além do mais, uma boa estratégia sempre conta com uma segunda opção. Baseados no perfil místico do seu povo, temos algo em vista que abalará para sempre os alicerces da nação. Esse trunfo se manterá muito perto de você e deverá assumir como plano B caso surja qualquer dificuldade. O grande mérito desse subterfúgio é que ninguém pensará ser também patrocinado por nós, principalmente por demonstrar uma face religiosa. Trata-se de um governo que apelará aos valores morais, mas que, no fundo, não passará de uma nova face de nosso projeto.

"Deixemos essa questão para depois, companheiros, pois temos muito o que fazer a partir de agora. Vocês já conhecem bastante, e, por isso, sua responsabilidade para que o plano dê certo é grande. Convém que regressem ao corpo, pois precisam começar imediatamente a formar a aliança supracontinental; compete-lhes transformar a América Latina num centro único de poder. Todo o nosso arsenal está à disposição para auxiliá-los. Façam acontecer! Depende de vocês de agora em diante."

NA SEQUÊNCIA, o homem forte, aliado a Chávez e Fidel e cercado por mais de 40 delegações, entre partidos, guerrilheiros, associações e sindicatos, estabeleceu a primeira assembleia daquele órgão, que, no encontro do ano seguinte, adotaria o nome de Foro de São Paulo. No requintado Hotel Danúbio, entre 2 e 4 de julho de 1990, deu-se início ao projeto de poder da quadrilha que se reunia a pretexto de refletir sobre o ocaso ou a agonia do socialismo internacional, tendo em vista a queda do Muro de Berlim no fim do ano anterior e a dissolução iminente da União Soviética, bem como a suposta ascensão do neoliberalismo na América Latina. Nascia, sob o patrocínio de entidades perversas — em essência, as mesmas que semearam a morte de mais de 100 milhões de pessoas para que se implantassem os regimes socialistas pelo mundo —, a organização que pretendia promover a integração latino-americana e caribenha, sob os auspícios do tirano de Cuba e do homem forte. Juntos, deram origem à aliança de poder que mantém o firme propósito de instaurar no mundo, uma vez mais, a política das trevas, sob o comando dos seres da escuridão.

O céu nublou-se quando as entidades nefandas se aproximaram do antigo Hotel Danúbio. Uma aura de negritude, de barbárie implacável, emanava do local. Ao longe, podia-se ver o rebuliço das entidades zombeteiras e dos cientistas sociais e políticos, a elite a serviço dos donos da magia nas regiões inferiores. As entidades pareciam elétricas, exultantes diante do projeto que se concretizava na dimensão material.

De repente, uma enorme explosão. Um cheiro de algo que lembrava enxofre e amônia irradiou-se pelo ar. Um verdadeiro demônio da escuridão se corporificava ali, à frente de todos e, também, defronte ao antigo hotel. Era um espectro. Os dentes pontiagudos à mostra, as unhas como lascas enormes, afiadas. Era como se caminhasse sobre um tapete de nuvens, deslizando na atmosfera rumo ao interior do hotel, onde os magos já estavam reunidos desde o dia anterior. O miserável ser da escuridão parecia querer dilacerar qualquer um que cruzasse seu caminho. Por isso mesmo, as hordas da noite mais profunda abriram passagem ao chefe de legião, cientes de que os lances ali em andamento lhe interessavam de perto. Nem sequer os magos, todos reunidos, seriam capazes de se opor e subjugar o habitante do quinto mundo, banido para a Terra milênios antes. Os sombras — guardas pessoais dos iniciados da obscuridade — arremeteram-se de cima do edifício quando constataram a chegada de um dos temidos chefes de legião. Bateram em retirada, indignados, pois que sua autoridade, perante a presença do espectro, era quase nula. Ele viera assistir à fundação do Foro na cidade de São Paulo.

No entorno do hotel e dentro dele, no espaço de convenções onde se reuniriam grandes nomes da política latino-americana e, também, nos apartamentos onde se hospedariam, a horda de espíritos, de especialistas e de interessados na política das sombras agitava-se numa orgia demoníaca, descomunal.

Naquele momento, cientistas políticos, hipnos, peritos em manipulação mental e emocional irritaram-se ao divisarem, ao longe, um refulgir, uma luz que varava a noite e se irradiava em direção ao lupanar da ignomínia. A malta de seres da treva mais densa percebeu quando se aproximou um destacamento de guardiões. Ante a presença dos emissários da justiça divina, os demônios saíram em debandada pensando que iriam sofrer um golpe. Se assim fosse, as ambições do mal se esfacelariam mesmo antes de se realizarem no mundo. Mas os representantes de Miguel apenas olhavam, e, sem que ninguém compreendesse por que meios, eles foram se diluindo em pura luz, deixando a malta de seres patrocinadores do Foro aparentemente sozinha.

Sem que os espíritos e os homens ali reunidos soubessem, os emissários da justiça sideral, elevando o seu padrão vibratório, puseram-se invisíveis a homens e demônios, mas permaneceram ali, atentos, quietos, observando cada detalhe daquela assembleia, que era o estopim a desencadear a formação de uma quadrilha composta por gente de dois mundos, de duas dimensões.

Para os homens que andavam pelas avenidas da cidade, da grande metrópole de São Paulo, aquele era um dia como qualquer outro. Somente bem mais tarde, alguns poucos veículos de comunicação dariam espaço para relatar o encontro ilustre, contudo, mais tarde ainda é que se dariam conta, poucos jornalistas, do perigo representado, no plano físico, pelo Foro de São Paulo, um projeto de conquista e subjugação da nação, de diversas nações, em nome dos emanados das sombras mais densas e da treva mais sombria.

Capítulo 5

PARCERIA: ESTRADA DE MÃO DUPLA

A BASE DOS GUARDIÕES superiores estava repleta de espíritos e de seres de outros orbes interessados no andamento das coisas na Terra dos homens. Naves etéricas imponentes achegavam de vários recantos do mundo astral e de dimensões próximas à Crosta, bem como de diversos pontos da galáxia. Avistou-se, entre tantas outras, uma delegação de especialistas alocados nas regiões ínferas, nas imediações do espaço mais profundo do abismo, ao qual os poderosos dragões foram confinados havia algum tempo. Todos vinham para uma conferência sobre os eventos de ordem político-espiritual que ocorriam em determinados países do mundo, especialmente na América Latina. A base dos guardiões que sediaria o encontro se localizava em um entroncamento energético que, entre os homens, seria descrito como situado, vibratoriamente, na Cordilheira dos Andes, conhecida pelos espíritos como a espinha dorsal do planeta. A reunião começaria em breve.

A plataforma onde as naves etéricas pousavam era repleta de diferentes construções — cada qual voltada a determinada área do conhecimento —, que abrigavam grupos de guardiões, especialistas e cientistas políticos desencarnados, entre outros. Peritos em exopsicologia advindos de outros mundos também compareceram, pois estavam visivelmente interessados nas ocorrências de natureza social, espiritual e energética e em tudo que se passava no planeta Terra.

Além desses participantes, agentes encarnados, em diversas latitudes do planeta, foram selecionados e convidados a se integrar ao evento, por meio do desdobramento da consciência. Afinal, era necessário que se mantivessem informados a respeito dos planos dos guardiões, pois que trabalhavam, no plano físico, estreitamente ligados aos emissários da justiça. Deveriam, portanto, permanecer atentos, conhecer os lances da história que se desenrolava nos bastidores da vida e estudar estratégias de enfrentamento das entidades perversas. Estas, por sua vez, estavam bastante ativas, aliciando e influenciando até mesmo pessoas de bem — quando menos, bem-intencionadas —, que acreditavam piamente defender a causa crística enquanto se associavam, sem se darem conta, aos propósitos das mentes malévolas, uma vez que se filiavam a uma política coerente, mas apenas na superfície, com a proposta de renovação da humanidade.

Dois guardiões se puseram a caminho da Europa para buscar os encarnados, por meio do desdobramento. Naquele momento, Raul estava em viagem pelo Velho Continente, onde, entre outras programações, encontraria outros agentes da justiça, a fim de planejar e organizar atividades confiadas a Irmina Loyola e ele.

— Temos obtido grandes vitórias, amigos, pois nosso trabalho de apoio aos guardiões está cada vez mais coeso e aplicado. Cá na Europa, principalmente nos grupos da Bélgica, da Escócia e da Inglaterra, tal como em outro que acabei de inaugurar, no interior da Alemanha, vemos dedicação e aprofundamento nos estudos e nas atividades que lhes competem. Também vai bem a preparação para enfrentar certos desafios já mencionados pelos guardiões, que em breve eclodirão tanto na África quanto na Europa — falou Irmina, claramente estimulada com os resultados. — Por outro lado, minha preocupação é com nosso pessoal do Brasil e de Portugal.

Encontraram-se na capital espanhola, em vigília. Irmina sugerira a Raul que se reunissem no aeroporto de Barajas, onde ela havia conseguido uma sala ideal para o encontro, tendo em vista que Herald Spencer e Andrew Noirt vinham de uma viagem intercontinental, a serviço dos guardiões, e, assim, aproveitariam a conexão em Madri antes de embarcarem rumo a seus próprios países. Raul, por sua vez, até poucos dias antes, acreditava que deveria ir até o Reino Unido, onde encontraria os amigos, conforme combinado originalmente. Porém, como ele não viajara só, Irmina propôs conversarem ali mesmo, facilitando a Raul o deslocamento.

— Pois é, amigos... — falou Raul a Andrew, Herald e Irmina. — No Brasil, temos uma característica muito especial — principiou Raul.

— O misticismo e a religiosidade do povo brasileiro! — interrompeu Irmina.

— Isso mesmo — tornou Raul, enquanto saboreava o vinho especial oferecido por Irmina aos agentes ali reunidos. — Não obstante, existe a demanda de um novo grupo que pretende se formar sob o patrocínio dos guardiões, um grupo de encarnados, como nós.

— Isso é complicado, Raul — redarguiu a mulher que organizava a reunião dos agentes. — Você sabe que lida com pessoas muito especiais no Brasil, nas quais só poderá confiar plenamente depois de colocá-las à prova, pois que existe certo sentimento de competição, de ciúmes, e até há quem frequente os encontros do Colegiado apenas para observar e fisgar seguidores para seus próprios grupos religiosos ou particulares.

— Sei disso, Irmina, mas é algo inerente, mesmo, ao povo brasileiro.

— Eu vivi no Brasil por algum tempo, embora a trabalho, e por isso conheço o jeitinho brasileiro, como se diz por lá. Portanto, Raul, temos de ficar mais atentos e nos atermos ao que os guardiões nos orientaram logo em nosso primeiro encontro, em Lisboa, lembra-se? Na ocasião, você estava hospedado por lá em passagem para a França, quando reunimos os doze agentes da época pela primeira vez, em resposta ao chamado de Jamar.

— Lembro bem.

— Também não me esqueço daquele momento — disse Andrew. — Foi exatamente quando recebemos as orientações básicas para a formação dos colegiados em nossos países. Lá em Lisboa, ficou estabelecido que não fundaríamos nenhum outro antes dos cinco primeiros anos, conforme previsto pelos guardiões. Lembra-se, Raul, do que Dimitri e Astrid falaram sobre as turmas do Brasil e, também, da Bélgica? Eu mesmo não me atreveria a abrir nenhum outro grupo além dos já existentes. Não conhecemos suficientemente bem o pessoal que aderiu ao chamado inicial.

— Sabemos também, amigos — interveio Herald, o agente proveniente da Escócia —, que os brasileiros tendem a ser eufóricos por demais no primeiro momento; depois, contudo, querem tratamento especial. Isto é, de fato respondem ao chamado, mas, se as coisas não ocorrerem segundo imaginam, logo abandonam o trabalho.

— Algo que aqui, na Europa, ao menos isso, não temos. Um comportamento essencialmente movido por emoções, sentimento religioso e melindre, tão marcante como ocorre lá no Brasil, é algo que desconhecemos. Temos aqui outros problemas, mas não esses — afirmou Irmina.

— Por isso mesmo, venho trazer a vocês uma proposta bem interessante, mas já sei que Irmina não concorda comigo de jeito nenhum.

— Tudo bem, Raul. Se você sabe que não estou de acordo, então por que apresentar a ideia?

Todos riram do tom sério e, ao mesmo tempo, irônico da amiga, com quem trabalhavam desdobrados em diversas ocasiões. Aquela era uma equipe de amigos encarnados, mas que há cerca de 30 anos desdobravam juntos a fim de assessorar os guardiões em diferentes missões. Ao todo eram doze, cada qual em determinado país. Vez ou outra se reuniam em vigília, como acontecia ali, para deliberarem sobre atividades a serem desenvolvidas em seus países de origem ou, então, quando era necessária a intervenção deles, juntos, visando prestar auxílio em uma situação emergencial.

— De qualquer maneira, quero apresentar aos demais a ideia sobre a qual venho insistindo com Irmina. É a proposta de formarmos grupos de estudo *on-line*, aproveitando a tecnologia existente, a fim de recrutarmos mais agentes para o trabalho dos guardiões.

— Todos sabem da minha opinião, segundo já revelou Raul — comentou Irmina, sem dar tempo aos demais para que apresentassem seu ponto de vista. — Acredito que você já tem problemas demais lá, no Brasil, meu querido, inclusive com outros compromissos importantes e bem-definidos, dos quais não poderá de maneira nenhuma se desincumbir em função das exigências de uma atividade como essa que propõe.

— Quem ficaria responsável pela direção desse grupo de estudos no formato mencionado? Você tem uma equipe que poderia o assessorar?

— Ainda não, mas já tenho algumas pessoas em mente. São pessoas em quem confio bastante — respondeu Raul.

— Uma delas o abandonará quando você mais precisar, embora fisicamente vá continuar a seu lado, porém, você sofrerá muito com a perda de apoio emocional e energético, algo fundamental para o prosseguimento de uma iniciativa desse porte. Além disso, você não pode ignorar as demais atividades que dependem exclusivamente de sua participação. Entre outras coisas, Raul, o grupo lá no Brasil, que diminuirá substancialmente. Lembra-se do que Jamar nos falou?

— Puxa, gente, essa Irmina parece a Maga Patalógica! — tornou Raul, referindo-se ao personagem do universo Disney, das histórias em quadrinhos do Tio Patinhas, tópico completamente desconhecido dos amigos ali presentes. — Nunca vi tamanho mau agouro.

Andrew e Herald gargalharam olhando para Irmina, que se mantinha elegantemente ereta, degustando o champanhe servido há pouco. Ela se mantinha impassível ante os comentários de Raul, com sua pele iluminada e a echarpe caindo-lhe ligeiramente sobre a cabeça, à semelhança do adereço usado por certas mulheres muçulmanas, porém escorregando sobre os ombros de modo displicente e malicioso, como se fosse fortuito. Foi a vez de Andrew falar, até porque Irmina, em ocasião anterior, já havia compartilhado com ele a vontade que Raul tinha de fundar um núcleo de estudos daquele naipe.

— Tenho para mim que poderíamos conciliar as observações de Irmina e a ideia de Raul — comentou Andrew, chamando a atenção da amiga, que, juntamente com o brasileiro, coordenava os grupos em nível mundial. — Que tal utilizarmos o núcleo que Raul pretende formar pela internet para captar agentes comprometidos ao redor do mundo? Poderia funcionar como um meio de conhecer as intenções das pessoas, de levar o conhecimento de ponta discutido nos grupos, e, ao mesmo tempo, poderíamos avaliar quem estaria apto a integrar e até formar novos colegiados, transcorridos os cinco primeiros anos previstos por Jamar.

— Interessante ideia! — opinou Herald, visivelmente entusiasmado com a possibilidade de recrutar novos agentes. — Acabo de vir da Colômbia e da Venezuela, como sabem, e por lá as coisas não andam muito boas. Temos enorme necessidade de novos agentes, sejam eles do Brasil, sejam de outro país da América Latina, a fim de auxiliar mais diretamente nos processos complicados em andamento por lá. Afinal, são questões de ordem política, espiritual e social, que afetarão diretamente todos os países do continente, mas principalmente o Brasil e a Argentina. Na eventualidade de iniciar-se um colegiado pela internet, teremos a oportunidade de descobrir quem se habilitará para compor nova frente de trabalho, como observou Andrew, uma vez que Raul tem uma ação mais abrangente, que não se limita à América do Sul.

— E algum dos diletos senhores poderá me dizer quem, como e por qual milagre ficará responsável pela alimentação dos estudos, dos testes de conhecimento, do material bibliográfico e também da parte técnica, que, com certeza, exigirá muito conhecimento e disposição? Algum de vocês, por acaso? Ou tudo ficará por conta de Raul? Por favor, caríssimos! Diante das atividades que ele já possui e das que nos requisitam a atenção, do outro lado, junto aos guardiões, porventura algum de vocês se oferece para fazer tudo isso ou, ao menos, para ajudá-lo?

— Bem...

— Reparem que não sou contra a criação de um grupo de estudos assim apenas por ser contra, mas por ver absoluta incompatibilidade com as atividades de Raul e as nossas. Constato que tudo ficará por conta dele, e, ao que parece, ele se sobrecarregará mais uma vez. Por outro lado, quem serão os beneficiados? Nós, amigos, principalmente nós aqui, na Europa, pois nos facilitará muito seguir os estudos e repassá-los aos núcleos que coordenamos. O trabalho, entretanto, ficará por conta de Raul. Sendo assim — indagou Irmina, inflamada —, alguém tem alguma ideia espetacular de como fazer isso acontecer?

Raul se manifestou, defendendo arduamente a ideia:

— Posso recorrer a alguns colegas dos grupos no Brasil.

— Alguns? Quem? — desafiou Irmina. — Será que você ainda não está convencido de que muitos abandonarão o trabalho tão logo sejam contrariados em suas opiniões? Lembra que fomos informados de que, se restarem vinte, ou mesmo cinco, já deveremos nos dar por satisfeitos? E você acha que poderá contar com uma gente tão melindrosa e emocionalmente instável como a turma de lá? — Irmina foi dura; ela sabia muito bem como atingir o amigo. — Ademais, Raul, há de convir numa coisa: se não conhecemos direito as pessoas com as quais lidamos pessoalmente, como encarnados, como confiar o mínimo suficiente naqueles que não vemos e com quem não convivemos?

Receio que sejam alunos invisíveis, em certa medida, já que estarão *on-line* o tempo todo.

— Eu tenho um plano que resolve esses problemas — argumentou Raul, empolgado, interrompendo a amiga. — Observem minhas anotações aqui — e apresentou aos amigos treze itens relacionados ao tema em questão, os quais, aparentemente, solucionariam as dificuldades ao estabelecer-se um grupo daquela proporção. — À parte esse núcleo de estudos, tenho uma meta bem-definida; pretendo iniciar algo diferente, embora saiba que exigirá muito esforço e investimento.

— Espero que você não esteja pensando em um centro espírita *on-line*, amigo louco! — brincou Irmina, e calou-se para examinar durante um instante os papéis apresentados por Raul. — Na hipótese de aprovarmos a ideia, você precisará de um estúdio para gravar, além de escritório, equipamentos, gente especializada, e é claro que não poderá contar com voluntários; nesse caso, teriam de ser profissionais. Portanto, nem pense num centro espírita, onde você somente encontrará gente malresolvida com as questões de dinheiro, além daquelas que só querem se aproveitar do conhecimento alheio, de graça, pois não têm o hábito de investir em nada que se assemelhe a cultura ou capacitação. Se porventura pretende lidar ou contar com espíritas e assemelhados, jamais levará avante uma obra de tamanha envergadura e que exija investimento tão robusto.

— É justamente por causa desse estado de coisas que pretendo abrir à participação de todo mundo, mirando quem está farto de religiosismo, de ideias castradoras, de limitações de todo tipo e, principalmente, quem valoriza o investimento em cultura, de modo amplo, e numa espiritualidade independente.

Irmina fitou o amigo Raul nitidamente impressionada com o modo tenaz como ele defendia a proposta. Raul, que a conhecia muito bem, ensaiou uma ofensiva:

— Sei em que está pensando, Irmina, sei muito bem. Porém, note que a ideia não é minha, mas dos guardiões.

Irmina calou-se e pôs-se a ler com mais atenção os itens dispostos por Raul nos papéis que havia distribuído entre os agentes. Lá fora, o burburinho de Barajas e, mais ao longe, a *movida madrileña*.

Tudo se passava com relativa normalidade quando, em meio à ala principal da sala VIP emprestada para a reunião, dois guardiões desceram levitando, surpreendendo os agentes encarnados, que conversavam em ambiente contíguo, embora estes estivessem acompanhados por sentinelas que participavam das discussões. Irmina levantou-se de chofre ante a presença dos Imortais. Raul deu um pulo da poltrona, quase derramando o pouco de vinho que restara em sua taça. Os demais continuaram sentados, lendo com genuíno interesse o relatório de Raul e os projetos ali descritos. Ainda eram 15h45, e deveriam ficar reunidos ao menos até as 19h30, conforme estabelecido previamente.

Irmina e Raul ouviram um dos guardiões falar de maneira incomum, emprestando tal gravidade à voz que se notava a importância do assunto a ser tratado. O ambiente parecia haver se inflamado com a presença dos guardiões. Subitamente, quase a totalidade dos passageiros ali presentes, entre aqueles que nenhuma relação guardavam com as questões em foco, levantou-se sem saber o porquê e, também sem aparente motivo, retirou-se da sala, deixando-a livre de qualquer interferência vibratória. Imediatamente, os demais da comitiva dos guardiões assumiram seu posto no entorno, envolvendo o local em campos de força potentíssimos. Irmina não largava seu champanhe, enquanto Herald e Andrew degustavam um cava e liam os apontamentos de Raul. Os dois miraram Irmina e Raul, que se dirigiam à ala central do *lounge*, fora da sala privativa onde conversavam até então. Permaneceram em suas cadeiras, concentrados. Foi Andrew quem falou, somente para Herald ouvir:

— A tropa de choque chegou! Nem vou me mover; espero que não sobre nada para mim — disse baixinho.

— Não pense que essa mulher dos infernos vai nos deixar escapar. Você conhece muito bem nossa amiga Irmina e o Raul. Sempre aprontam alguma coisa e fazem sobrar pra gente. Por onde passa, o infeliz do Raul inventa trabalho. Deus me livre! E eu aqui, com uma fome miserável, me alimentando só de petiscos e cava...

— Fique quieto, Herald. Podia ser bem pior. Irmina nem pode sonhar que você está insatisfeito; sabe como ela é... — e se aquietaram, esperando o resultado da conversa entre os coordenadores dos colegiados e os recém-chegados guardiões.

Os sentinelas enviados por Jamar circularam os dois agentes, levitando-se, como a deslizar suavemente sobre os fluidos ambientes. Perscrutaram tudo, a começar pelas formas-pensamento que povoavam o local. Ao mesmo tempo, os sensitivos, inseparáveis, observavam lentamente, enquanto acompanhavam o movimento rotatório descrito pelos enviados dos guardiões planetários. Em dado momento, perceberam as auras dos visitantes e notaram irradiações magnéticas potentíssimas envolvendo não somente a si próprios, mas também os quatro amigos encarnados. Raul e Irmina permaneceram em silêncio, aguardando algo que, com certeza, vinha da parte dos guardiões.

— Olá, amigos! — saudou um dos dois emissários da justiça divina.

— Sentimo-nos honrados com vossa presença, guardiões, mas estamos em meio a uma reunião de grande importância para o andamento das tarefas a nós confiadas — insinuou Irmina gentilmente, porém enfática.

— Viemos aqui a pedido dos superiores trazer um convite para participarem conosco de uma conferência também muito importante, que será de grande ajuda às atividades que realizam nos planos tanto físico quanto extrafísico. O evento ocorrerá em nossa base nos Andes, e viemos em busca de vocês quatro aqui presentes. Entenderão, a partir dessa reunião, os projetos dos guardiões para deter o avanço das forças do anticristo nos bastidores da vida, bem como em meio aos encarnados.

— Entendemos que, para terem sido convocados a nos chamar, amigo, sem dúvida deve ser algo sério — intrometeu-se Raul, evitando que Irmina se expressasse de modo, talvez, menos diplomático, embora os dois não fossem tão diferentes assim. Raul, naquele momento, queria amainar as coisas visando obter o aval de Irmina para as propostas que apresentara, pois estava convicto de seu impacto positivo sobre as atividades futuras.

— Sim, amigo — esclareceu Ivan Ivanovich, um dos emissários de Jamar. — Reúnem-se inteligências de grande envergadura na base andina, e também especialistas em várias áreas, entre elas, política, psicologia e estratégia, todos sob a supervisão dos guardiões superiores. Haverá, ainda, a presença de outros Imortais. Por essas razões, precisamos contar com os representantes dos grupos de apoio — os colegiados — ao redor do mundo. É urgente que venham conosco.

— Impossível, guardião! Pelo menos não antes de terminarmos nossa reunião. Temos também, de nossa parte, questões urgentes. Diga a Jamar que ele nos aguarde por cerca de quatro horas se nossa presença for importante assim — disse Irmina, quase ríspida demais, sentindo-se importunada pela interrupção dos guardiões.

— Temos ordens expressas para levá-los conosco — tornou a falar o primeiro sentinela.

— Desculpe, guardião, mas parece que você não entendeu — interveio Raul, concordando com Irmina. Afinal, se ele não saísse dali com a permissão de todos para executar o projeto colocado em pauta, não sabia quando lograria obtê-la, pois não era simples vencer as distâncias continentais e conciliar a agenda de todos. Não perderia jamais a oportunidade.

— Precisamos de vocês, Raul, mas não que nos obedeçam, pois somos parceiros e, como tais, temos de contar com a livre adesão.

— Pois, então, que esperem. Avisem Jamar, Watab e os demais que terminaremos nossa reunião. Ou nos aguardam ou começam sem nossa presença — sentenciou Irmina e virou-se imediatamente, fazendo menção de voltar à sala onde os demais agentes permaneciam, todos com o relatório de Raul em mãos.

Andrew percebeu psiquicamente o que acontecera, olhou de relance e falou baixo para Herald:

— Os dois são barra pesada! Ainda bem que o convite não foi comunicado diretamente a nós dois, senão...

— Eu iria de bom grado e imediatamente. Meu voo só decola às 21h30... Deitaria numa poltrona destas e voaria com os guardiões. Mas não olhe para eles, amigo; vai sobrar para todos nós...

— e conversaram entre si um pouco mais.

Ivan, o guardião que comunicara o chamado de Jamar, ficou impressionado com a reação dos agentes. Nunca pensara que poderiam declinar de um chamado direto de Jamar e dos Imortais. Estava perplexo ante a recusa dos dois. Talvez por isso, Irmina recuou e resolveu explicar melhor, amenizando a situação, embora sem premeditar as palavras:

— Sabemos que, para nos chamarem assim, com essa urgência, devem ter motivos muito importantes, caros guardiões. Não obstante, em hipótese alguma poderíamos deixar nossos projetos de lado e abandonar a discussão. Raul não vive neste continente, como sabem. Além disso, já adiamos por duas vezes esta reunião, e está em jogo a existência dos grupos de estudo e apoio, tanto da Europa quanto de outras partes do mundo, os quais dependem das deliberações a serem tomadas aqui. Espero que compreendam. Caso queiram, penetrem nosso psiquismo e ouçam, leiam ou participem de nossos pensamentos, assim, evitarão que eu perca meu tempo com mais explicações.

— Mas Jamar...

— Jamar que espere! — retrucou Irmina, cheia de si. — A urgência é dele, e não nossa. — Dizendo isso, dirigiu-se de volta ao local onde os demais aguardavam, sabendo que era observada pelos dois guardiões.

Como se nada daquilo tivesse acontecido, ela comentou, retomando o assunto de antes:

— Lidar com pessoas com as quais nem sequer nos encontramos é um desafio maior do que com quem convivemos face a face. É claro para você, Raul, que esse grupo *on-line* estará sujeito à participação também de pessoas de má-fé, desde gente que intentará copiar o trabalho até quem procurará se aproveitar dos relacionamentos para arrebanhar seguidores? Inveja é o que não falta.

Ignorando os guardiões, por sua vez, Raul reagiu, apontando o que escrevera no relatório:

— Então ao menos leia, mulher! Assim verá algumas táticas que pretendo empregar e também objetivos secundários para a formação desse grupo maior via internet.

Antes dos demais, Irmina leu diretamente o último parágrafo. Comunicando-se na língua que Raul entendia, comentou, olhando para Andrew e

Herald, embora se dirigisse ao amigo do Brasil:

— *Eso está de puta madre!* Como teve uma ideia dessa, homem?!

Irmina viu que não adiantava tentar demover Raul das propostas. Estava tudo muito bem-e-laborado. Ele escrevera em espanhol, pois os três ali presentes não falavam português, e tivera o cuidado de submeter o material à revisão ortográfica e gramatical. Talvez por isso, mas não somente, Irmina acabou se curvando à ideia.

Depois de muita discussão sobre o assunto em pauta e vários outros, após quatro horas de muita espera, os guardiões rumaram aos locais onde os quatro agentes estariam, deitados, aptos ao trabalho em desdobramento. Herald e Andrew, contudo, permaneceriam na sala VIP por poucos minutos mais e só seriam levados após o embarque em seus respectivos voos. Uma vez magnetizados, todos saíram do corpo, acompanhando os dois sentinelas, especialistas enviados por Jamar.

Capítulo 6

LOCAL FOI ESCOLHIDO de forma estratégica. Era um sítio dimensional muito próximo à Crosta, sobre o oceano, de maneira que a influência das águas marítimas favorecia, por meio de vibrações harmônicas, a dispersão de qualquer irradiação maléfica das mentes de quem acorresse até ali, a convite dos guardiões, fosse entre encarnados fora do corpo, fosse entre desencarnados, neste caso, parentes e amigos do grupo anterior. Caravanas vinham de diversos lugares, tanto das sombras do baixo mundo quanto de comunidades do astral, e traziam, em carros voadores e naves etéricas, personalidades ligadas à política, bem como intelectuais, líderes comunitários e de movimentos sociais e sindicatos, além de pessoas relacionadas à imprensa e à comunicação de massas, habitantes dos dois lados da vida.

Sob o comando de Astrid e Semíramis, as guardiãs foram os espíritos que promoveram aquele encontro de almas. Eram auxiliadas de perto por um grupo de mulheres desencarnadas que trabalhavam associadas à justiça sideral, com temperamento forte, resoluto e personalidade enérgica, ativas ao extremo. Foi Semíramis quem explicou:

— Nosso objetivo é trazer os parentes desencarnados mais próximos de políticos, empresários e pessoas com certa influência, principalmente no Brasil, a fim de conversarem com quem lhes são caros. Afinal, dificilmente nos ouvirão, pois representamos, para a maioria desses indivíduos vinculados ao corpo, algo contra o que têm severas restrições.

— Aliás, conhecendo o tipo psicológico e o caráter das pessoas com as quais lidamos, sabemos bem que são avessas a tudo que se refere à justiça, até mesmo quando desdobradas. Não poderia ser diferente com a justiça sideral, ou *divina*, como dizem na Terra — acrescentou a guardiã Diana.

— Aliado a isso, há um fator ainda mais elementar: estamos em dimensões distintas — tornou Semíramis. — Mesmo quando fora do corpo, esse pessoal não consegue nos perceber a não ser por meio de algum fenômeno provocado por nós, no âmbito da mediunidade, do lado de cá da vida. Ou seja, teríamos de assumir um médium desdobrado, no plano astral, para então poderem nos ver e ouvir.

— Entendo que este seja o melhor remédio para o momento: evocar a presença dos espíritos familiares, os que mais influência tiveram na formação dos homens que atuam na esfera da política e do poder temporal. Pais, mães, filhos e avós desencarnados, enfim, todo e qualquer espírito que, de algum modo, possa falar mais aos corações dos que representam o povo, ou a si mesmos, muitas vezes — interferiu Astrid.

— E pensar que ainda existe, lá na Crosta, quem afirme que espíritos sérios não se envolvem em questões de política — comentou outra guardiã da equipe.

— Fico imaginando a vida espiritual toda compartimentada, minhas amigas — falou Semíramis. — Como se Deus ou alguma potência superior houvesse dividido toda a vida universal e dissesse que, neste ou naquele departamento, seus emissários estão autorizados a se envolver; neste ou naquele outro, não. Tal restrição somente não se imporia aos espíritos "impuros" e considerados inferiores... Equivaleria a Deus reservar áreas de exclusiva competência da maldade. Que lógica espantosa!

Enquanto silenciaram, cada uma se incumbindo de suas tarefas na organização do grande encontro de almas dos dois lados da vida, as caravanas pouco a pouco aportavam à região espiritual que abrigaria o evento. Logo chegou uma comissão advinda de determinado país da América do Sul e requisitou audiência com Astrid, Diana e Semíramis.

— Senhoras da justiça, representantes dos poderes sublimes, pedimos permissão para falar em nome das comunidades de certos países aos quais estamos vinculados.

Astrid olhou para Semíramis sem entender a abordagem de excessivas polidez e formalidade do espírito que as procurava, denotando, na verdade, determinado grau de submissão.

— Diga, amigo. Mas, por favor, converse conosco de igual para igual, pois aqui somos apenas servidoras — Astrid procurou deixar o visitante bem à vontade.

— Nobres amazonas do astral, venho em nome dos espíritos ligados culturalmente à Venezuela, à Bolívia e a Cuba, nações que, como vocês sabem, estão intimamente associadas aos problemas enfrentados pelos brasileiros atualmente, sobretudo, talvez, a Venezuela, de onde venho.

O espírito ganhou atenção particularmente de Diana, pois adotava tom deveras grave. Não obstante, as três guardiãs pararam o que faziam, administrando a chegada das caravanas provenientes de diversas dimensões por meio de aparelhos de comunicação, e resolveram concentrar-se ainda mais no homem que as procurava.

— Nosso país passa por momentos gravíssimos, e tememos que, em breve, em poucos anos, entremos numa situação política e social de verdadeira calamidade. Ainda que tenhamos de colher, na lavoura da justiça, as consequências dos delitos do passado ou que enfrentemos um processo de reeducação nacional sob a bandeira do novo regime que se esboça, precisamos de ajuda espiritual urgente. Existe gente muito boa lutando para barrar a ascensão do novo ditador. Disfarçado de ícone popular, ele não mede esforços para elevar-se ao poder em nossa nação e, então, impor sua pauta tenebrosa, valendo-se das práticas mais nefastas. Sentimos que, neste momento, forças das trevas agem em conjunto, alinhavadas, e, sozinhos, não temos condições de empreender uma ofensiva que possa enfraquecer, quiçá combater, as forças opositoras ao progresso. Notamos a grande movimentação de guardiões e de vocês, guardiãs, que ocorre na região astral do Brasil. Portanto, vimos clamar por ajuda — o espírito quase implorava, embora demonstrasse lucidez mais do que suficiente nas palavras, que resumiam bem a situação de seu país e a dos espíritos de formação cultural similar.

— O que está em andamento aqui, amigo, é apenas uma tentativa de atingir os corações dos homens públicos envolvidos no processo político do Brasil e de outros países da região. Nosso trabalho, como guardiãs, é nos movimentarmos nas encruzilhadas vibratórias entre emoção e razão. Atuamos sobre as energias ligadas ao pensamento acompanhado de forte carga emocional, as quais se cristalizam como formas-pensamento. Portanto, depois de muita análise e reflexão, decidimos procurar as pessoas caras aos poderosos e aos demais envolvidos nos conflitos que se esboçam no plano físico, a fim de que lhes falem diretamente, chamando-os à responsabilidade. Embora saibamos que esse gesto, sozinho, não será de modo algum suficiente, estamos convencidas de que abrirá caminho para grandes possibilidades — falou Astrid em nome das guardiãs. — Seja como for, se pudermos ser úteis a vocês, é claro que procuraremos ajudar.

— Sei que os guardiões, de forma geral, combatem de maneira intensa, enfrentando as forças opositoras ao progresso no mundo, em vários campos de luta, ao passo que vocês, amazonas do astral, especializaram-se num tipo de combate, corpo a corpo, por assim dizer, de natureza um pouco diferente. Promovem encontros como este, entre familiares desencarnados e seus afetos ainda na Terra, entre tantas atividades. Durante esse processo, acredito que alcançam grandes realizações, além de fortalecerem as convicções dos agentes da justiça corporificados na Crosta, preparando-os para investimentos futuros. É desse tipo de auxílio que precisamos com urgência.

"Caso Chávez chegue ao ponto em que pretende, temos certeza de que, em breve, o país entrará num período de grande tribulação coletiva, de provações seríssimas; enfim, nosso futuro não será nada promissor. Por isso, viemos em busca de socorro, com o intuito de fortalecer as convicções daqueles que se afiguram como uma réstia de esperança. Muito embora ainda não tenham despertado para as graves questões espirituais que envolvem o regime do anticristo na América Latina e no resto do mundo, podem constituir um baluarte na luta contra as forças das sombras, que se espalham como nuvens negras sobre nossos continentes."

As guardiãs se entreolharam, dando a entender que compreendiam o drama enfrentado pelo visitante oriundo das regiões astrais vinculadas à Venezuela, porta-voz dos dirigentes espirituais da nação. Sabiam que lá, como no Brasil, ideias traiçoeiras ganhavam corpo, inspiradas diretamente por forças do anticristo.

Lembraram-se das palavras de um convidado do Plano Superior para falar na universidade dos guardiões, em Aruanda, quando este citou determinada passagem das revelações do apóstolo João: "E da boca do dragão, e da boca da besta, e da boca do falso profeta vi sair três espíritos imundos, semelhantes a rãs. Porque são espíritos de demônios, que fazem prodígios; os quais vão ao encontro dos reis da terra e de todo o mundo para os congregar para a batalha, naquele grande dia do Deus Todo-Poderoso".[1] Segundo afirmam muitos espíritos respeitáveis, ideias comunistas e socialistas também podiam ser relacionadas com o anticristo ou a figura do falso profeta, inscrita naquele livro.

Semíramis, que compartilhava dos pensamentos de suas amigas, respirou fundo e declarou, emprestando certo tom de gravidade ao que dizia:

— Lidamos com forças poderosas, meu amigo, com "hostes espirituais da maldade",[2] que lançam mão dos mais variados artifícios para deturpar a mensagem crística no mundo e se alastram por onde quer que possam, a fim de enganar e confundir até mesmo quem deveria trabalhar

[1] Ap 16:13-14.

[2] Ef 6:12.

pela libertação da humanidade terrena. Embora eu não seja um espírito ligado à religiosidade, lembro-me das palavras que um dia ouvi em uma conferência em nossa metrópole: "Porque surgirão falsos cristos e falsos profetas, e farão tão grandes sinais e prodígios que, se possível fora, enganariam até os escolhidos".[3]

"Com efeito, há muita gente boa, homens de bem e instituições respeitáveis que serão contaminados pela ideologia que tem se disseminado sob os auspícios das sombras. Por esse motivo, essa batalha, seja na Venezuela, seja no Brasil ou noutro país da região, não consiste em uma luta contra seres humanos e seus partidos políticos; muito pelo contrário, trata-se de uma guerra espiritual, cujo inimigo são conceitos patrocinados por seres de inteligência das mais ardilosas e engenhosas, por peritos das sombras mais densas e profundas. Ao captarem suas ideias, os homens as convertem em ideologia política ou mesmo religiosa, quando não nas duas modalidades simultaneamente, dada a forma pela qual muitos defendem suas concepções; é tal o grau de fundamentalismo com que interditam qualquer deba-

[3] Mt 24:24.

te, bem à maneira dos religiosos mais sectários e fanáticos. Com frequência, por não disporem de argumentos, partem para a agressão, embora afirmem, sistematicamente, que agressivos são aqueles que apresentam argumentos.

"Geralmente, esse é um quadro visto entre os que agem calcados em emoções; têm dificuldade em elaborar um raciocínio inteligente e não toleram que outras pessoas não se curvem ao ideário que lhes parece a mais pura expressão da verdade. Portanto, é por meio das emoções que muitos homens bons e do bem se deixam levar e são enredados nessa trama, ainda que raramente reconheçam tal fato. Mais suscetíveis a esse mecanismo são as pessoas de perfil religioso, não no sentido de frequentadores de igrejas ou de templos quaisquer, mas aquelas dotadas de um comportamento de caráter religioso, de uma visão farisaica da vida, desde quem tende ao sectarismo até a culminância dos que abraçam, com orgulho, o extremismo e o fundamentalismo."

Respirando outra vez a longos haustos, como que demonstrando certo grau de impaciência com o assunto, Semíramis prosseguiu mesmo assim:

— É preciso muito mais do que inteligência para desvendar o que está por trás das ideias e do ideologismo dessa confluência de forças sintetizada e, ao mesmo tempo, patrocinada pelo anticristo no mundo.

"Pois bem, vamos trabalhar juntos — declarou resoluta, sem consultar formalmente as demais guardiãs. — Precisamos que seja veloz ao implementar as ações necessárias para que possamos trabalhar em parceria, aproveitando o tempo que temos pela frente. Primeiramente, deve reunir os espíritos ligados à cultura venezuelana que querem auxiliar no processo de desconstrução desse mito erguido sob a alcunha de *bolivarianismo*. Em segundo lugar, tente localizar cada governante ou pessoa influente no país que já traga a marca da injustiça inscrita em sua testa,[4] em sua mente, isto é, que já tenha se vendido às ideias que contaminam a nação e que defenda os valores e as doutrinas que definirão os embates dos próximos anos na região; em outras palavras, quem quer que já esteja acometido pelo processo hipnótico de larga escala.

---

[4] "E faz que a todos, pequenos e grandes, ricos e pobres, livres e servos, lhes seja posto um sinal na sua mão direita, ou nas suas testas, para que ninguém possa comprar ou vender, senão aquele que tiver o sinal, ou o nome da besta, ou o número do seu nome." (Ap 13:16-17)

"Para isso, procure a base dos guardiões nos Andes, cuja localização nossa amiga Diana pode lhe fornecer. Lá, terá acesso aos arquivos onde consta o endereço vibratório de todos os espíritos encarnados e dos que ainda renascerão nos próximos dez anos, mas que já estão contaminados, por assim dizer, trazendo a marca do anticristo em sua fronte, de modo que trabalharão no mundo em favor da ideologia que corrompe e deturpa os princípios do Cordeiro. Tais informações devem ser obtidas com a máxima urgência. Logo em seguida, ainda na base, conseguirá o registro dos espíritos familiares, sejam desencarnados, sejam atualmente encarnados, que não se imiscuíram com tal ideário e que exercem forte influência sobre as autoridades e os poderosos que tomarão parte diretamente na grande batalha vindoura. Urge ajustar nossas ações para dinamizar os resultados.

"No entanto, não alimente a ilusão de que o processo será fácil e rápido. A raiz do mal é profunda e está espalhada em todo o globo. Portanto, não será em uma única geração que as forças do bem irão promover a separação do joio e do trigo. Nunca se esqueça de que combatemos certas concepções, e não seres humanos; nossos opositores reais são emissários da maldade, que manipulam autoridades e expressiva parcela da população de diversos países."

Encerradas as instruções de Semíramis, Diana levou o espírito a um recinto, onde lhe passou os detalhes das operações que estavam em andamento na região astral do Brasil.

A seguir, as guardiãs deram prosseguimento ao encontro, que seria somente o primeiro entre muitos a partir dali realizados, em nome da justiça planetária, a fim de interferir nos planos sombrios. Pais, mães e parentes no Além, bem como encarnados em desdobramento, se, porventura, tivessem alguma ascendência sobre os poderosos feitos de marionetes pelas sombras, seriam chamados a manter contato com eles durante o sono físico, por meio da projeção da consciência. Por noites e noites a fio, conversariam com os respectivos pupilos com o intuito de persuadi-los, de modificar-lhes o roteiro de pensamento e, assim, desligá-los de seus algozes espirituais.

Afinal, os guardiões superiores não poderiam ficar de braços cruzados, simplesmente assistindo à movimentação na arena da política e do poder sendo orquestrada segundo os ditames dos espíritos das trevas. A balança teria de ser equilibrada ao menos. De um lado, os seres das sombras agiam para moldar o mundo à sua maneira, influenciando quantas sociedades pudessem através de processos obsessivos de alta complexidade e gravíssimas implicações. De outro, os guardiões empregavam seus recursos, somando esforços de diversas fraternidades do espaço, de maneira a investir na centelha de disposição para acertar, de sensatez e de bondade dos homens púbicos imersos no lance da guerra espiritual em curso.

Tão logo as guardiãs concluíram a organização daquela série de encontros entre as duas dimensões, atenderam a um chamado de Jamar, que lhes pedia a presença numa reunião que precedia a constituição, no plano físico, do Foro de São Paulo. A dita reunião se passaria justamente num dos prédios que sediavam os três poderes da nação, no coração do país.

As guardiãs resolveram se deslocar num dos comboios de que dispunham os espíritos representantes da justiça divina. Astrid comandava o equipamento com mais de 80 guardiãs e outros 30 guardiões a bordo, rumo a Brasília. A nave ergueu-se silenciosa, girando em torno do próprio eixo, dando a impressão de que se sustentava no espaço por forças poderosas, dadas suas dimensões. Deslizando em meio aos fluidos da atmosfera terrestre, sobrevoou diversas cidades, naturalmente sem ser detectada por radares e aparelhos dos encarnados, tampouco vista a olho nu. Vibrava numa frequência diferente, ligeiramente mais rápida do que a da matéria densa constituinte das construções e dos corpos físicos daqueles que se consideravam vivos.

Ao se aproximarem de Brasília, houve o primeiro alerta:

— Guardiões! — informava a voz de uma especialista que ressoou pelos compartimentos da nave transportadora da polícia astral. Era um contingente de espíritos extremamente comprometidos com a segurança energética e espiritual do país. — Atenção, agentes da justiça, comboios de seres da escuridão sobrevoam a capital da nação. Recebemos um alerta dos guardiões que estão de prontidão nos arredores da cidade e em alguns agrupamentos e pontos de apoio entre os encarnados. Todo cuidado é necessário.

Imediatamente, Semíramis deu a ordem:

— Mude a frequência das células energéticas de nossa nave! Devemos nos colocar ao abrigo de forças antagônicas. Aumente a vibração. Assim será impossível sermos detectados pelos cientistas da oposição e por demais aliados dos senhores das sombras.

Logo após o comando, enquanto especialistas e oficiais redobravam a atenção sobre as telas que mostravam o ambiente astral próximo à capital, um leve tremor se fez sentir. Uma corrente de energia de uma dimensão superior impeliu as células e a estrutura da nave etérica a saltarem alguns graus na escala que definia a materialidade com que o portentoso comboio vibrava.

— Nuvens escuras se concentram sobre a capital federal, Astrid — falou Hipérsile, uma das guardiãs mais antigas e experientes do grupo, que trabalhava em sintonia com os ideais do Cordeiro, intimamente ligado ao comando superior dos guardiões planetários. — Parece que fluidos densos têm sido lançados sobre a cidade.

— São os magos negros e seus asseclas, Hipérsile! Recebemos a notificação de alguns guardiões de que a mesma situação acomete a região metropolitana de São Paulo.

Astrid apontou para a colega, líder de um destacamento de guardiãs, as imagens nas telas da nave, enquanto o voo seguia rumo a determinado ponto do território dos calungas, na porção norte da Chapada dos Veadeiros, onde aterrissariam. Cerca de cinco minutos foram suficientes para se percorrer o trecho entre o Distrito Federal e a Chapada, onde o pouso se deu suavemente. Assim que o comboio ficou envolto em campos de antigravidade, na atmosfera ainda compacta da região, imobilizou-se por completo. Os campos de força, aliados ao aumento da frequência na estrutura atômica da matéria extrafísica, mantinham-no ao abrigo das percepções e fora do alcance da tecnologia dos espíritos que intentavam dominar a nação.

Semíramis, Astrid e Hipérsile desembarcaram à frente do contingente, distribuindo-se o grupo no entorno do aeróbus. As guardiãs saíram sobre plataformas redondas, voadoras, que deslizavam em alta velocidade e eram capazes de flutuar e rasgar os fluidos mais densos da atmosfera dos homens, embora não alcançassem altitudes expressivas. Além de um excelente meio de transporte, as plataformas eram preparadas para embates com espíritos das sombras, pois carregavam armas de eletricidade e outras ainda mais avançadas, de pulsos magnéticos, ante as quais os espíritos das trevas não tinham como se proteger caso quisessem deflagrar uma batalha contra as destemidas representantes da justiça.

Assim que a tropa de amazonas e guardiões tomou o rumo dos arredores de Brasília, veio a seu encontro Paraskeve Athinás, uma das agentes encarnadas, naquele momento desdobrada. Beth Kakeoolopus, como foi apelidada por Raul diante da impossibilidade de pronunciar seu nome real, pertencia à equipe de doze agentes à qual cabia disseminar o trabalho dos guardiões pelo mundo.[5] Ela era dotada de uma rara habilidade paranormal, que a tornava indispensável em certas tarefas.

Dirigiram-se, sob a orientação das guardiãs, à cidade onde se reuniriam as forças da oposição, os espíritos sombrios que intentavam ajustar os últimos preparativos para o estabelecimento definitivo do que viria a ser conhecido como Foro de São Paulo. Como uma liga de seres dos dois lados da vida, o órgão pretendia materializar na Terra, mais precisamente na América Latina, uma espécie de célula das organizações criminosas do baixo mundo, das regiões ínferas.

Tão logo se aproximaram do Plano Piloto, as guardiãs notaram o número de seres de natureza diversa, desde espíritos galhofeiros e comuns, passando por marginais, até especialistas e magos negros, que subiam à superfície, desde suas

---

[5] Beth e os demais agentes encarnados dos guardiões citados até aqui são personagens também de outras obras (cf. PINHEIRO, Robson. Pelo espírito Ângelo Inácio. *O agênere*. Contagem: Casa dos Espíritos, 2015. p. 244-320 passim).

bases localizadas nas sombras mais inferiores. O número deles todos era assustador, mas as guardiãs foram diretamente para as bases de apoio, isto é, os grupos de estudo e de prática de espiritualidade, independentes, que estavam reunidos em oração naquele momento. Eram exatamente 19h45 em Brasília. A partir dos pontos de apoio, os emissários da justiça montaram observatórios. Somente depois que as reuniões dos encarnados começaram, após o início das orações que irradiavam pedidos aos administradores espirituais do planeta e da nação, é que as guardiãs e os guardiões se puseram a caminho do local onde se congregavam os insignes representantes da maldade nas regiões extrafísicas.

Antes, porém, Astrid e Hipérsile distribuíram à equipe um tipo de uniforme que desviava os raios da luz astral. Conquanto as células sutis do corpo espiritual dos guardiões vibrassem numa frequência mais alta, tornando-os invisíveis aos potentados e principados com que deparariam, ainda assim as comandantes preferiram contar com o dispositivo. Fruto da técnica sideral, ao defletir o espectro de luz, o traje garantia que as amazonas e os especialistas da noite não fossem identificados por qualquer espécie de equipamento desenvolvido pelos cientistas das sombras.

— Ainda bem que os guardiões superiores enviaram seus agentes ao mundo através das portas da reencarnação — comentou Beth, a paranormal desdobrada, com Astrid. — Sem eles, por certo as forças da escuridão teriam pleno êxito em sua empreitada, não somente aqui, mas também em outros continentes.

— Existem agentes, Beth, que estão mergulhados na carne há mais de 35 anos. Muitos estão inseridos no esquema humano de poder, participando ativamente de cargos e ocupando posições sociais estratégicas, tudo preparado e programado para que possam agir no momento apropriado. Não podemos nos esquecer, contudo, de que, uma vez mergulhados no corpo físico, poderão falhar, afastar-se dos compromissos assumidos ou, simplesmente, desistir. Apenas com relação a poucos entre eles temos a certeza de que não falharão, muito embora também sejam humanos. Em qualquer caso, todos enfrentam o teste dos embates políticos e sociais dentro de seu campo de atuação. De nossa parte, preparamos um verdadeiro agrupamento de seres diretamente ligados a eles, a fim de contrabalancear as investidas das forças das sombras que enfrentam.

"No momento oportuno, esses agentes têm emergido no cenário nacional, trazendo à tona as fragilidades e os segredos dos baluartes da maldade, deixando à mostra a verdadeira face dos que representam os projetos de criminalidade na política e em outras áreas. Seja no Ministério Público e nos gabinetes de governo, seja, em oculto, nos tribunais e nas repartições públicas estaduais e federais, existem instrumentos da justiça sideral ali instalados, conforme a programação dos guardiões superiores, à espera do momento de se pronunciarem, se, porventura, já não o fizeram. Trazem a lume a verdade, ainda que essa verdade revele o que muita gente não queira ver exposto publicamente. Todavia, como já assinalou o evangelista, 'não os temais; porque nada há encoberto que não haja de revelar-se, nem oculto que não haja de saber-se'."[6]

Ao ADENTRAREM o ambiente do concílio tenebroso, o que os agentes da justiça viram foram seres de diversas categorias, além de encarnados em desdobramento. Entre os habitantes do mundo astral, destacava-se um que exibia aparência diferen-

[6] Mt 10:26.

te da humana. Era um tipo de lagarto de olhos redondos, com escamas verdes distribuídas por todo o corpo. Ele passeava ou se arrastava no meio dos homens desdobrados, entre os quais se contavam chefes de estado, políticos, intelectuais e grandes empresários, a conversarem uns com os outros.

Apesar daquela presença inusitada, eram três outros espíritos que patrocinavam o encontro da liga do mal. Caso os humanos desdobrados pudessem vê-los da forma como realmente eram, talvez não resistissem à impressão tanto quanto à vibração irradiada por eles. Como detentor do poder naquela instância, o trio manipulava aqueles indivíduos desdobrados como marionetes. A visão era de seres que mais lembravam personagens mitológicos saídos de algum conto de horror, porém disfarçados sob a aparência humana convencional com relativo êxito, ao menos perante a plateia-alvo.

Os vultos infernais absorviam a luz astral de tal maneira que era como se houvesse uma suspensão ou uma inversão das leis da física. Em vez de a luz penetrar a escuridão e produzir claridade, o contrário parecia ocorrer, muito embora tudo ali pudesse ser efeito de ilusões de ótica provocadas pela influência de hipnos. De todo modo, o que se percebia era a luz astral sendo efetivamente tragada pela escuridão da alma daquelas criaturas, que detinham o comando da liga de seres do abismo. Alguém talvez dissesse que a luz se eclipsara e que uma aura de escuridão se irradiava mediante a presença de tais entidades.

Entre os homens desdobrados no meio dos quais os três espíritos caminhavam, viam-se Fidel, Chávez, Silva e demais mandatários da América Latina, do Caribe e de outros países do mundo. Juntamente com eles, empresários e homens de grande riqueza, poder e influência. Os seres abismais se arrastavam por entre os participantes, que se agrupavam em turmas de 15 integrantes em média, ao contrário do que as guardiãs haviam imaginado. Pensavam se tratar de uma conferência convencional, num grande auditório, onde oradores se sucederiam perante uma plateia. Contudo, formaram pequenos núcleos, cada qual coordenado por um especialista da maldade, conforme critério temático. Muitos destes haviam sido militantes dos mais escabrosos regimes comunistas em sua passagem entre os que se consideram vivos.

Os três espíritos vagavam entre um grupo e outro, lançando dardos inflamados, teias de pura negritude, de um material fluídico pegajoso, que aderia aos corpos espirituais das pessoas ali projetadas. Às percepções humanas comuns, e mesmo ante alguns dos desdobrados, aqueles seres permaneciam invisíveis. Vagueavam entre os diversos grupos como se fossem fantasmas, manchas negras ou fuligem em forma humanoide.

Ao lado de Fidel, porém, havia uma figura que destoava das demais. Era um espírito que, tal como o de aspecto réptil, também dava mostras de não pertencer à raça humana. Baixa estatura, olhos negros, cabeça avantajada em relação ao restante do corpo, com expressões que denotavam certa crueldade.

Outros líderes políticos se faziam acompanhar por espíritos de aparência disforme, embora de feições humanas. Um deles apresentava-se como alguém irritado, monstruoso, lembrando uma gárgula, mas com a epiderme viscosa. O negror profundo que exalava daquelas auras preenchia o ambiente com um odor pestilencial e diferente de tudo o que as guardiãs poderiam conhecer.

Aquele era o tipo de atmosfera em que o chamado homem forte estava habituado a se locomover durante seus desdobramentos. Especialmente aquele lugar lhe parecia familiar. Poderia ser considerado um posto avançado? Talvez! Já se notavam, na ocasião, equipamentos instalados, produto da técnica dos especialistas do mundo astral inferior, e ainda se passariam anos até que o homem forte conseguisse assumir a presidência da nação. Tudo parecia ser disposto minunciosamente visando à perpetuação no poder de quem havia sido preparado por seus comparsas. Nas discussões em curso naquela noite, aprimoravam-se as táticas que seriam usadas para difundir e alastrar as ideias nefandas, que acometeriam uma parcela substancial da população, tal como uma bactéria contamina e se espalha por um corpo vergado por uma infecção generalizada. Era uma metáfora adequada para descrever o que se gestava ali: uma infecção generalizada num organismo nacional e continental, impulsionada pelo Foro de São Paulo, a célula doentia que disseminaria o agente patogênico do comunismo e do socialismo em cepas e dosagens ligeiramente distintas entre si, com a digital de cada um dos associados.

— O eixo do mal está enfim se formando, senhores — comemorou, a certa altura, um dos seres demoníacos que coordenava um dos grupos focais. Discutiam ardentemente sobre o futuro próximo, quando se instalaria, no organismo do continente, a infecção comunista, que se alastraria através das diversas metodologias empregadas a partir dali.

— Não podemos abrir mão da audácia nem perder nosso propósito de vista, pois sabem muito bem que nossa sede de poder vai muito além do universo material, do que dominar os aspectos físico e político das nações onde atuamos. É nossa meta, e ela será alcançada, controlar também a esfera extrafísica adjacente aos países nos quais teremos nossos representantes entronizados.

As guardiãs ouviam tudo atentamente e anotavam tanto as disposições quanto as ideias ali apresentadas e debatidas.

— Precisamos, a qualquer custo, a todo custo, instalar nosso pessoal encarnado no poder e mantê-lo lá por tempo indefinido. Ainda que, para isso, o preço a pagar seja o completo desmantelamento dos países, sejam eles quais forem, bem como daquilo que os imbecis chamam de conquistas nacionais — disse um espírito afoito.

Astrid e Semíramis mantiveram-se quase impassíveis. As demais guardiãs movimentavam-se entre as turmas, colocando-se ao lado de uma e outra, tomando nota de cada detalhe, gravando tudo que era dito nos aparelhos da microtécnica sideral. Semíramis olhava e memorizava os movimentos, media e avaliava a força magnética de cada um dos envolvidos naquela que era a derradeira reunião do grupo responsável por implantar, no mundo, o corpo de ideias patrocinadas pelos ditadores do abismo. Convinha ter o registro de tudo o que falavam e pretendiam.

Os homens, principalmente os que não creem na vida além da dimensão física, jamais imaginam que tudo, todas as suas ações são registradas por seres invisíveis. Não avaliam até que ponto a política, as atitudes, as ações e os pensamentos são perpassados, inspirados e manipulados por indivíduos que, para eles, sequer existem. Quanto aos que aceitam a realidade do mundo invisível, em sua ampla maioria, tendem a acreditar que as coisas se passam segundo suas próprias convicções, crenças e opiniões. Caso determinado espírito mais esclarecido porventura lhes apresente um elemento que ponha em xeque suas concepções, alvoroçam-se, na melhor das hipóteses, e, na pior, combatem-no e desdenham-no. Facilmente, opõem-se a qualquer fato inusitado, mesmo antes de examiná-lo, pois refutam a possibilidade de que algo possa existir fora dos parâmetros tidos por eles como corretos e verdadeiros. Tampouco admitem que seres invisíveis sérios possam se pautar por padrões distintos dos seus. No limite, é como se pretendessem que a moral dos Imortais devesse se subordinar à moral dos homens que se julgam sábios; é como se o recorte que estes fazem do Evangelho e das revelações espirituais prevalecesse sobre a política inscrita no próprio Evangelho e anunciada por aqueles que recordam que todos dispõem apenas de uma pálida noção da realidade extrafísica.

Enquanto Semíramis, Astrid, Hipérsile e as demais guardiãs anotavam cada pormenor, outros guardiões discutiam, em certa base, não muito longe dali, como intervir nos projetos das sombras para a dominação mundial, principalmente na faixa onde se disseminava o eixo do mal.

Semíramis observava o atrevimento e a destreza dos seres abismais, sobretudo ao manipularem seus comparsas principais, como Chávez e Nicolás Maduro [1962–], da Venezuela, os irmãos Castro, de Cuba, e o homem forte, além de outros correligionários do Brasil.

Astrid e suas amigas guardiãs dedicaram especial atenção aos três espíritos que irradiavam o pensamento sobre os pequenos grupos da conferência. Registraram a vibração de suas almas de intensa maldade. Preparavam um ataque fulminante às forças do bem e intentavam impor-se de maneira a propagar as ideologias pérfidas que abraçavam. Ao instaurarem a política sombria, objetivavam protelar o processo de expurgo planetário e enredar o maior número possível de pessoas do bem, de representantes do Cordeiro e daqueles que não se decidiram definitivamente pelo reino de Cristo. A pauta que queriam disseminar, tendo como alvo inicial a América do Sul e certas regiões, significaria um pesadelo de proporções amplas para centenas de milhões de pessoas. Somente com o tempo a população envolvida perceberia o fosso para onde seria lançada, mas não sem antes experimentar uma amostra do que tais entidades pretendiam generalizar no mundo.

As guardiãs moviam-se como uma brisa entre os espíritos ali reunidos. Mais tarde, as anotações feitas por elas, que abrangiam muito mais do que questões técnicas ou táticas e abarcavam até as emoções ali fomentadas e exploradas, seriam remetidas à base lunar dos guardiões. De lá, partiriam as diretrizes para uma ação conjunta das forças da justiça em todos os países onde se alastravam os tentáculos da grande hidra, de múltiplas faces, mas todas tendo em comum o corpo de ideias populistas, socialistas e comunistas; era esse o elo principal a unir todos os tentáculos que atacavam as nações assediadas e acossadas por tais ideologias. O trabalho apenas se iniciava, de ambos os lados. E o pior ainda estava para vir. A foice e o martelo ressuscitariam novamente, sob novos tons de vermelho. Os guardiões, entretanto, permaneciam a postos e trabalhavam longe dos holofotes.

"E vi uma das suas cabeças como ferida de morte, e a sua chaga mortal foi curada; e toda a terra se maravilhou após a besta."[7]

[7] Ap 13:3.

Capítulo 7

A HIDRA DE LERNA

AVES CÓSMICAS, com seres do espaço a bordo, haviam cruzado o abismo entre estrelas e constelações e se reagruparam nas bordas do Sistema Solar. A frota dirigiu-se, a partir daí, para a lua terrestre, onde ficava a base principal dos guardiões. De lá, após obterem permissão dos agentes planetários de segurança, rumaram para a Cordilheira dos Andes, mas em equipamentos auxiliares trazidos no bojo das naves maiores. Além desses artefatos cósmicos, comboios semimateriais provenientes de dimensões vizinhas da Terra aportavam às docas mantidas pelos guardiões, estruturadas em substância astral e etérica e aptas a receber seres que vibram em planos de realidades diferentes, todos invisíveis aos olhos mortais dos que habitam a Crosta.

O objetivo das comitivas era acompanhar as estratégias e os projetos dos guardiões terrenos, tendo-se em vista as ocorrências na arena política e a eventual repercussão sobre o sistema de vida cósmico. Tudo o que acontece no terceiro mundo a partir do Sol preocupa não apenas as comunidades extrafísicas locais, mas também outras civilizações do espaço. Como consequência do fenômeno de repercussão vibratória, as ações humanas não somente afetam o orbe terrestre, bem como se irradiam espaço afora.

A conferência se iniciou sem contar com a presença dos agentes encarnados. Eles chegaram, acompanhados de outros guardiões, após o início das atividades, todos desdobrados mediante o magnetismo dos sentinelas. Adentraram o ambiente Takeo, Irmina, Raul, Andrew, Herald, Beth e mais cinco, restando apenas um deles, que não compareceu. Ivan Ivanovich conduziu-os à presença de Kiev, que os esperava no pavilhão onde se reuniam os espíritos representantes de várias etnias cósmicas, além dos terráqueos, visivelmente interessados nos comentários de cada um dos expositores.

No momento em que penetraram o ambiente, Irmina e Raul foram devassados pelos olhares de Jamar e Watab, deixando claro que haviam acompanhado o desenrolar da conversa entre eles e os soldados do astral no aeroporto de Madri. Contudo, não sentiram nenhum pensamento de repreensão por parte dos guardiões. Raul ensaiou um sinal com a mão direita, tão próprio dele, movimentando os dedos, de maneira peculiar, em direção a Watab; logo em seguida, fez um movimento levando a mão direita à boca e enviando um beijo simbólico a Jamar. Este enrubesceu, virando-se imediatamente, como se intentasse esconder dos demais a reação. Os guardiões eram amigos e conheciam bem o jeito excêntrico de Irmina e de Raul; ninguém entre eles ainda se surpreendia com a dupla.

A palavra estava a cargo de Irineu Evangelista [1813–1889], que, quando encarnado, era conhecido como Barão de Mauá e, depois, Visconde de Mauá — um árduo trabalhador e auxiliar dos guardiões. Ainda hoje, entre os guardiões, é chamado apenas de Mauá.

— Diante das investidas dos seres da escuridão, de suas artimanhas e dos estratagemas para disseminar sua filosofia política no mundo, os guardiões não se intimidam. Existe um plano em andamento, que nossos amigos da justiça e da segurança planetária desenvolveram para enfrentar os arquitetos da destruição de povos e nações. Abordaremos principalmente a América Latina, que é o foco de nossa reunião neste momento, caros representantes de outras terras do espaço — os espíritos ali, incluindo Mauá, conviviam boamente com a realidade dos seres das estrelas, de modo que a presença dessas inteligências do cosmo não era nada difícil de entender ou aceitar.

— Antes, porém, faz-se necessário um esclarecimento, pois há aqui, conosco, espíritos da Terra corporificados, ainda que em processo de dissociação da personalidade, isto é, projetados em nossa dimensão. Refiro-me ao fato de que, neste conflito, não lidamos exclusivamente com seres humanos encarnados e com sua política. Convém que essa questão fique bem clara, senão corremos o risco de restringir o escopo da discussão ao aspecto estritamente terrestre ou material, que nada mais é do que mero reflexo ou consequência da política dos entes sombrios das dimensões próximas da Crosta.

"Considerando que grande parte dos seres que engendram a política no submundo terrestre veio das comunidades aqui representadas pelos visitantes das estrelas — falou, dirigindo-se aos seres do espaço —, entendemos seu interesse no que concerne às estruturas de poder que hoje disputam lugar em nosso globo. De nossa parte, como sabemos que conhecem muito melhor a forma de pensar, a visão de mundo e a psicologia dos imigrantes de seus respectivos orbes, temos enorme necessidade de sua ajuda, mesmo no caso dos que vieram para a Terra há milênios. Isso ocorre porque, embora para nós este seja um período dilatado, para a maioria de vocês equivaleria a algumas de nossas semanas, devido à diferença no cômputo de tempo."

Depois de uma breve pausa, talvez para que os presentes no pavilhão pudessem ver as imagens tridimensionais e holográficas transmitidas pelo sistema instalado pelos guardiões, Mauá continuou:

— Estamos num imenso laboratório de dimensões globais. Aqui, tem-se feito um grande investimento nas experiências realizadas, as quais trazem os espíritos da Terra ao centro, mas envolvem todos aqueles que para aqui imigraram, de outras paragens siderais. Nessa perspectiva, o julgamento de certo ou errado perde importância; todavia, trabalhamos para assegurar que, no exercício do livre-arbítrio, a criatura terrestre, entre atitudes e arbitrariedades, não ultrapasse o limite estabelecido pela lei soberana que tudo governa.

"Nesse contexto, a política desenvolvida em nosso planeta, entendida como administração das nações, como exercício do governo, muitas vezes não corresponde a ações que redundam em progresso, ou seja, não concorre para o avanço das sociedades. Tal resultado se verifica até mesmo quando ela é defendida por parcela expressiva da população, apesar de haver, em regra, muita gente bem-intencionada. Há muita coisa em jogo e demasiada disputa de poder por trás da política humana. Sobretudo os mais jovens, em todos os países, por não poderem contar com a memória histórica, conquanto muita gente mais vivida também não a tenha, tendem a engajar-se nos movimentos que julgam, de forma quase inocente, ser capazes de solucionar os desafios da realidade contemporânea. No país ao qual permaneço vinculado até hoje, por força da tradição espiritual e dos compromissos do passado, o panorama que descrevo é patente.

"Sendo assim, ante o avanço das forças das sombras, ante os processos graves de obsessão que dinamizam as relações entre encarnados e desencarnados — apesar de não serem percebidas pela maioria dos irmãos da dimensão física —, cabe formular certas perguntas. Tanto nossos agentes encarnados quanto os demais homens que esperam uma intervenção do Alto poderiam indagar: que têm feito os guardiões para deter o avanço dessa infecção que se alastra pelo organismo do Brasil e da Venezuela, em particular, e do mundo, de maneira geral? Quais ações os emissários da justiça têm preparado ou realizado visando interferir beneficamente, embora sem tomar partido, nas disputas políticas humanas, como os próprios homens fazem?

"Neste nosso encontro, pretendemos deixar claro aos diletos amigos de vários sítios dimensionais aqui representados que não estamos de braços cruzados. Não obstante, convém lembrar aspecto da mais alta importância. Se, da parte das sombras, a intervenção reiteradamente despreza os limites da liberdade humana valendo-se de expedientes tais como a imposição, o constrangimento da vontade, a manipulação e até a mera insistência desrespeitosa, os guardiões, por outro lado, agem segundo parâmetros opostos e adotam conduta diferente daquela que, sintomaticamente, caracteriza as forças rebeldes à política divina do Cordeiro."

Respirando um pouco, de maneira a conceder um pequeno intervalo para a plateia avaliar o alcance de suas palavras, Mauá, em seguida, procurou sintetizar as ações dos guardiões. Objetivava traçar um panorama do que estava em curso nos bastidores da vida com o intuito de, na medida do possível, estabelecer o equilíbrio de forças no grande conflito a que o mundo terrestre assistia.

— Recordemos, espíritos da Terra, principalmente aqueles com alguma espécie de ligação cultural ao cristianismo. Lembremo-nos de certas concepções e referências do livro *Apocalipse*, incluído no cânone sagrado dos cristãos, quando nos fala sobre os 144 mil eleitos,[1] número que, naturalmente, tomaremos como figura de linguagem. Nunca, amigos, nunca os verdadeiramente bons, os eleitos para auxiliar na transformação do mundo foram apresentados como a maioria ou, nem sequer, em grande número. Geralmente, o responsável por grandes transformações é um núcleo pequeno, exatamente como sugere o texto: a ação decisiva de um grupo diminuto em relação ao restante do mundo. Apesar disso, muitos, de todas as nações da Terra, de todas as tribos, línguas e países do mundo[2] são chamados constantemente a participar do processo de limpeza, de equilíbrio das forças do bem.

"Entretanto, não esperem deparar com pessoas irrepreensíveis, completamente 'resolvidas' ou capazes de exibir um passado impoluto, tampouco um presente ilibado. Nada de se iludirem quanto à chance de encontrarem representantes isentos de erros. Não importa a área em que atuem — política, religião, ciências, negócios etc. —; sejam

[1] Cf. Ap 7:4. Cf. PINHEIRO. *Apocalipse*. Op. cit. p. 119-126.

[2] Cf. Ap 7:5-9.

homens públicos, sejam cidadãos comuns; estejam em qualquer posição da escala socioeconômica e cultural. Quem poderia ostentar uma história pessoal inteiramente livre de máculas, desprovida de atos mesquinhos, de conluios que comprometeram o progresso ou de elos com ideias, políticas e atitudes das quais não se envergonhe ou se arrependa? Como consequência, os guardiões nunca esperam contar com quem não erra, com santos, com indivíduos honestíssimos em máximo grau ou com homens de bem que não tenham sombras internas a enfrentar e aspectos a superar no que tange aos comportamentos e à moral.

"Dessa forma — acentuou suas palavras —, o objetivo dos emissários da justiça sideral não é selecionar pessoas irrepreensíveis; acima de tudo, buscam acentuar o lado bom de cada um, apelar às sementes um dia plantadas no coração dos homens que o mundo, frequentemente, considera maus. Partindo da premissa de que, segundo a visão espiritual, ninguém é somente mau ou somente bom, os guardiões investem nos homens mais comuns, naqueles que praticam erros, mas que, ao menos em certa medida, aspiram ao acerto. Dão ênfase ao lado bom e às tendências boas de quem queira agir corretamente, apesar dos enganos e dos tropeços que, porventura, cometa e a despeito do juízo que encarnados façam acerca do indivíduo em questão, tanto quanto da metodologia empregada pelos sentinelas. A palavra de ordem é realçar e estimular 100% dos recursos proveitosos que acharmos na alma humana, ainda que apenas um mínimo incipiente esteja disponível. Mesmo que, em dado momento, o sujeito tome atitudes equivocadas, aproveitaremos aquilo que oferece em matéria de intuição e de inclinações positivas, pouco importa se de caráter temporário, tão logo se mostre apto a ajudar e a impedir que o mal se alastre.

"Quero encerrar discorrendo a respeito de uma providência especial que está em curso durante o tempo em que nos reunimos — enfatizou Mauá enquanto indicava as imagens que exibiam espíritos familiares e anjos de guarda recrutados por sentinelas do bem para atuarem sobre seus tutelados vivendo no plano físico.

— Temos promovido a reaproximação de espíritos familiares e de espíritos comuns com os ocupantes de cargos na política e nas esferas do poder, durante o sono destes, desde que, algum dia, tenham exercido influência positiva sobre tais encarnados, que lhes são caros. Governantes e ditadores, autoridades e poderosos que incitam ou praticam atos de corrupção, em todos os âmbitos da vida humana; pessoas comuns que exercem cargos públicos; líderes que detêm uma posição de destaque em qualquer comunidade, grupo social, partido político, movimento social e todo tipo de instituição; indivíduos dotados de carisma e, portanto, capazes de persuadir grande número de pessoas. Se o papel desempenhado por tais cidadãos apresenta qualquer possibilidade de regeneração e de renovação, lá estão os sentinelas do bem a lhes envolverem.

"Numa operação complexa e ambiciosa, em grau ainda mais alto do que já sucede naturalmente no cotidiano dos terráqueos, vemos os guardiões em ação — nesse caso, aliás, com o predomínio das guardiãs —, convocando familiares, pais, avós e amigos de confiança daqueles cuja função acarreta impacto sobre as massas. A partir de então, esses encontros, reencontros e sessões reeducativas, realizados ao longo do sono dos encarnados em foco, têm por objetivo acentuar as inspirações positivas não apenas por meio da persuasão. Ao empregarem também forte componente emotivo e emocional, levando em conta o papel importante da ascendência moral, os eventos deixam a impressão necessária para que, em vigília, a memória de cada um induza a se porem em prática as recomendações discutidas. Esse trabalho tem crescido largamente nos últimos cinco anos, embora não haja grandes expectativas quanto aos resultados em curto prazo, pois não convém alimentar ilusões a respeito do comportamento humano.

"Trata-se, sobretudo, de uma obra de semeadura e perseverança. Estimulamos os encarnados a se manifestarem no tempo apropriado; conversamos com eles, procurando mostrar as implicações de suas atitudes na vida social da nação, mas também no contexto da própria vida espiritual, com ênfase nas consequências que as escolhas pessoais acarretam ao longo do tempo, numa espécie de projeção futura a partir do que decidem fazer no presente.

"No Brasil, por exemplo, as guardiãs têm promovido encontros dessa espécie com magistrados das cortes superiores e demais agentes do Poder Judiciário, além de procuradores, que, antes de serem autoridades, como sabemos, são gente como outra qualquer, são espíritos imortais. No Executivo e no Legislativo, governadores, deputados, senadores, ministros e até secretários de estado, conquanto ofereçam o mínimo de abertura, independentemente de suas inclinações político-partidárias, tornam-se alvo preferencial da operação neste momento. Afinal, é hora de explorar o máximo do potencial, instigar ao máximo a vontade de ajudar e transformar, elementos latentes em boa parte das pessoas, porém ofuscados pelo maia, a grande ilusão da vida física, e pelas teias da corrupção e do poder, mais tentadoras em certos segmentos da sociedade."

Depois de silenciar-se por algum tempo, Mauá cedeu a palavra a um dos guardiões escalados para falar. O homem corpulento, vestido de um traje que lembrava uma farda militar de gala, assumiu o lugar do antigo visconde e deu prosseguimento à apresentação do relatório de atividades dos guardiões após saudações sucintas.

— Os resultados da metodologia de reeducação ou de impacto sobre os grupos-alvo de nossa intervenção, conforme descrito pelo amigo Mauá, serão sentidos e percebidos ao longo dos anos, caros companheiros, notadamente a partir de 2013 e de 2014, mas, principalmente, de 2015 em diante, de acordo com o calendário local — principiou o guardião, adicionando a ressalva final por causa da presença extraterrestre.

O ambiente pareceu se modificar por completo assim que o guardião assumiu a palavra. Em vez de uma simples projeção, como ocorria quando Mauá falava, agora imagens, sensações, emoções e cada detalhe de seu pensamento eram irradiados diretamente sobre a mente dos presentes. Todos percebiam cheiros, cores, temperatura; enfim, tinham a impressão de estar participando vividamente dos cenários e das situações que o agente de segurança planetária compunha e descrevia.

— Nosso projeto inclui usar até mesmo certos partidários da oposição, aqueles rebeldes por natureza, que, embora sirvam às sombras, conservam alguma disposição boa em si. Para tanto, será necessário investir fortemente nesse pouco de bem, nesse 1% de vontade de acertar, ainda que sua intenção mais profunda seja outra. Quero dizer é que há contingente apreciável de agentes das trevas encastelados em Brasília, em Caracas e em outros locais, desde representantes do povo até empresários, passando pelos que vestem toga. Estes fazem papel duplo: dizem-se ser a favor da justiça, mas têm o passado tão comprometido que acabam por se vender, prestando um desserviço à nação onde atuam. Tentaremos acessar a consciência até mesmo desses homens e romper o cordão de isolamento mental instalado por seus manipuladores invisíveis. De alguma maneira, das trevas é preciso tirar ao menos uma réstia de luz.

— E se, porventura, esses homens públicos usados pelos agentes do bem voltarem, depois, a servir às forças de oposição ao Cristo cósmico? — perguntou um dos seres de outros mundos, bastante preocupado com a situação terrena, tão logo pediu licença para interromper.

— Todos responderão à justiça sideral, cada qual a seu tempo, conforme a lei divina que rege as escolhas e as consequências que elas acarretam. Contudo, é preciso considerar que espíritos da categoria de Teresa de Calcutá, Mahatma Gandhi e Chico Xavier, entre outros exemplos, dificilmente conseguirão comover, com seus discursos, homens imersos nas trevas mais profundas, absortos em pensamentos de corrupção, conquista de poder e satisfação das piores ambições. Refiro-me, sobretudo, àqueles que, voluntariamente, tornaram-se aliados dos senhores da escuridão, como são os casos de Chávez, Maduro, Fidel e Raúl Castro,[3] Silva e sua cria política, além de Cristina Kir-

---

[3] Raúl Castro (1931–) é presidente da ditadura cubana desde 2008.

chner,[4] Evo Morales[5] e outros sócios do plano de destruição que desencadearam contra os princípios que defendemos em nome do Cordeiro.

"Esses personagens todos, cada um, representam uma das cabeças da hidra; metaforicamente, morre um, e nasce outro no lugar. Trata-se de uma figura mitológica que ilustra bem a seguinte realidade: o pensamento fundador do poder político antagônico a tudo que se chama de Deus e a tudo que sintetiza as ideias cristãs assume características diferentes de acordo com a região onde se alastra, mas manifesta invariavelmente a tenacidade de seu fundamentalismo político pseudorreligioso e de sua origem comum.

"Voltando ao ponto que motivou o questionamento, é importante esclarecer: para enfrentar pessoas do calibre daquelas que já se venderam e são largamente manipuladas por inteligências sombrias, não há como prescindir de quem está do mesmo lado do *front* que o adversário, porém tornou-se rival do grupo mais perigoso, ainda que em caráter temporário. Até porque os homens que se consideram impolutos e bem-resolvi-

---

[4] Cristina Kirchner (1953–) foi presidente da Argentina entre 2007 e 2015.

[5] Evo Morales (1959–) preside a Bolívia desde 2006 até a atualidade.

dos são 'espiritualizados' demais, estão ocupados apenas rezando, combatendo entre si e contra nós próprios, pois a metodologia dos guardiões difere por completo do que estabeleceram como correto. Uma coisa é clara: nós não ficaremos sem atuar, omissos, só porque, em determinado meio, não há quem preencha os requisitos morais que muitos árbitros da realidade extrafísica julgam indispensáveis para que se aja em sintonia conosco. Na verdade, a política divina é muito mais misericordiosa do que muitos de seus porta-estandartes, pois ela não impõe barreiras à ação da justiça em razão de pudores e caprichos — o que, ademais, seria de uma crueldade tremenda com quem se veria à mercê da injustiça.

"Assim sendo — e dirijo-me agora, principalmente, aos amigos guardiões —, vamos usar indivíduos que guardam características em comum com aqueles fantoches das sombras. Somente quem está no mesmo nível ou é daquela estirpe poderá fazer frente a homens com tamanho grau de corruptibilidade, dissimulação e frieza, exímios enganadores que são. Em paralelo, nossos agentes encarnados, projetados por meio do desdobramento, agirão lado a lado conosco a fim de enfrentarmos as forças opositoras, que farão de tudo para se agarrar ao poder indefinidamente."

Certa tensão pairava no ar, mas os planos foram claramente delineados ali. Aos soldados do astral, não era dada muita margem para escrúpulos. Enfrentar as forças das trevas, tendo-se em vista a realidade terrena, exigia despir-se do receio de "sujar as mãos" — evidentemente, sem se comprometer nem perder de vista o objetivo. Em última análise, pautar-se por um idealismo utópico contribui para a proliferação do mal, e os guardiões tratam é de coibi-la.

A política do anticristo fora descrita como a hidra de Lerna. À semelhança de um polvo gigante, seus tentáculos se alastravam pela América Latina e pelo mundo, tendo cada qual uma cabeça atuando em cada país, em cada região. A ação de muitos homens maus poderia resultar em bem quando eles disputassem entre si, como adversários em busca do poder. De modo análogo, cidadãos bons ou que se dizem do bem seriam plenamente capazes de ser úteis às forças e à filosofia do mal quando medissem com leviandade as consequências das bandeiras defendidas, quando relutassem em examinar as coisas com maior profundidade e em confrontar suas concepções com os postulados da política do Cordeiro. Era preciso se valer de pessoas mesmo de índole até certo ponto má, mas cujas ações pudessem redundar em benefício para o ser humano; tal era uma realidade inescapável. Além do mais, talvez o bem que homens maus fariam, mesmo com intenções escusas, pudesse ser uma de suas últimas oportunidades de fazê-lo. Cabia lembrar o que ensina a política divina: "E, se alguém der mesmo que seja apenas um copo de água fria a um destes pequeninos, (...) não perderá a sua recompensa".[6]

Por fim, Jamar assumiu a tribuna, de forma tranquila e serena a princípio, para falar de mais ações diretas dos guardiões planetários.

— Amigos de nosso mundo e de outros sítios de nossa ilha cósmica, sejam bem-vindos! Sabemos muito bem que os acontecimentos em nosso planeta nos levam a acreditar que estamos em plena guerra mundial. Desta vez, trata-se de uma guerra que envolve como nunca os recursos da tecnologia; uma guerra que arregimenta, abertamente e sem nenhum escrúpulo, seres dos dois lados da vida, entre eles aqueles advindos de seus mundos, no passado remoto — principiou o guardião, apon-

[6] Mt 10:42 (BÍBLIA. Português. *Bíblia em ordem cronológica*. Nova Versão Internacional. São Paulo: Vida, 2013).

tando para alguns representantes das estrelas.

"Diante da grave conjuntura terrena, nós, os guardiões e guardiãs a quem foi confiada a incumbência de zelar pela segurança planetária, vimos pedir o auxílio de todos vocês. Mais e mais seres, a cada dia, são transferidos da Terra para o satélite natural, expurgados que já foram do ambiente espiritual, energético e etérico do globo terrestre. A programação é que, conforme esses trabalhos avancem, brevemente chegará a hora em que será importante transferir a base principal dos guardiões da sede atual, na própria Lua, para um local que abranja melhor o Sistema Solar como um todo. Para isso, precisamos da ajuda de tecnologia extraterrestre. Não atuamos sozinhos, pois, vocês sabem, o que acontece aqui repercute irremediavelmente em seus orbes e nas regiões circunvizinhas deste quadrante da Via Láctea. Portanto, dentro em breve, pretendemos que nossa parceria seja ainda mais estreita e ativa.

"O contingente de agentes nossos ao redor do globo tem aumentado. Temos atingido um número cada vez mais amplo de pessoas, em diversos países, que se dispõem a servir. Claro, ainda não podemos contar com aqueles que se julgam melhores e mais certos. Nossos agentes são apenas humanos, mas uma gente disposta a lutar, a servir à causa cósmica, à ordem, e não a sectarismos de qualquer espécie. Nos próximos anos, investiremos em aprimorar os recursos de nossos parceiros encarnados, por exemplo, incrementando a formação de volitadores e daqueles que detêm habilidades fora do corpo. A conduta que incentivamos é a de não se prender a amarras psíquicas e a manipulações de caráter político-partidário e religioso, pois somente assim somos capazes de agir com equilíbrio e vigor.

"Não obstante, a peneira passa, e há uma seleção mais ou menos duradoura em curso. Existem aqueles que foram e outros que serão varridos pelo vendaval de dúvidas, a fim de que permaneça apenas quem realmente se mostrar comprometido e apto a servir. Não somos condescendentes com candidatos a agentes do bem; todos serão provados. Afinal, como encarregados da segurança sideral do planeta, não podemos admitir em nossa equipe aqueles que vacilam, os fracos de caráter, os de vontade tíbia, os medrosos, muito menos os que querem obter vantagem pessoal ou aparecer, tampouco os de imaginação mais fértil que sua capacidade de realização. Adotamos com os agentes encarnados os mesmos testes a que se submetem os de nossa dimensão. Por isso, nosso objetivo não é quantidade. Não esperamos grande volume de parceiros; esperamos qualidade, dedicação, compromisso, capacidade de responder prontamente ao chamado. Enfim, queremos que, como soldados de Cristo, nossos aliados saibam cumprir os desígnios e as determinações no transcorrer da batalha espiritual."

Voltando-se para os agentes ali presentes, em desdobramento, Jamar acentuou o que antes já falara, durante os cursos de aprimoramento que ele mesmo ministrara. Irmina ficou elétrica diante da exposição de Jamar. Raul e Herald mantiveram os olhos fixos o tempo todo, pois compreendiam a gravidade das palavras do guardião. Andrew e os demais, igualmente, nem piscavam. Jamar chamava mais a atenção deles do que até mesmo os seres alienígenas, já que todos eram habituados à presença destes. A força moral do orador parecia penetrar as consciências e inscrever, com letras de fogo, as palavras inarticuladas, mas emitidas por ele mentalmente.

— Atentem-se ao que usaremos como medida de desempenho para determinar quem entrará junto conosco diretamente na luta, tanto no Brasil quanto no restante do planeta, isto é, ao critério válido para aferir lealdade, fidelidade e compromisso com as diretrizes dos guardiões. Refiro-me ao nível de dedicação e excelência obtido na tarefa pessoal de nossos agentes encarnados, ao empenho devotado ao cumprimento da incumbência particular de cada um. Para enfrentar as forças opositoras ao progresso, é evidente que contaremos com a capacidade de cada agente de se expor, de maneira resoluta, diante do perigo. Afinal — mirou os parceiros desdobrados —, somos soldados do bem a serviço de Miguel, o príncipe dos exércitos celestes, não importa em que dimensão estejamos. Como encarnados ou desencarnados, nossa postura ética consiste em considerar as orientações superiores de forma a não nos permitirmos desrespeitá-las ou descumpri-las. Cada agente será testado separadamente e reiteradas vezes. Quem abdicar dos compromissos assumidos terá por si mesmo se alijado da equipe de guardiões.

"Sabendo da gravidade do momento da Terra, não podemos nos dar ao luxo de termos agentes que desprezem o que pactuaram de modo voluntário e consciente. Nenhum deles ignora que não está mais em condição de desistir da batalha. Caso persistam na rota da deserção, cairão, vertiginosamente, nas malhas dos opositores, e não poderemos nos deter para enxugar lágrimas de um arrependimento tardio."

Jamar falava com firmeza, como um general diante da tropa, sem dar margem a dúvidas quanto ao grau de empenho e seriedade necessário para estar na frente da batalha.

— Por outro lado, nossos agentes no mundo ganharão um acréscimo substancial de energia, de forma a aumentar suas habilidades. Com as máximas naturalidade e espontaneidade, receberão um estímulo que ampliará suas faculdades psíquicas, sem que isso lhes cause contratempos de qualquer espécie. Contudo, devem enfrentar as próprias emoções e vencê-las. Na guerra espiritual na qual estamos engajados, é de se esperar, com relação a esse assunto, que muitas situações e pessoas saiam de suas vidas. Ainda que o processo vise livrá-los de pesos desnecessários, são transtornos que ocasionam certo incômodo.

"Precisamos de agentes destemidos diante de enfermidades, manipulação, intimidação e embates mais bruscos. Os soldados devem abdicar de qualquer ansiedade relativa à obtenção de reconhecimento alheio; devem liberar-se de tudo que são laços emocionais que a nada conduzem, bem como romper elos com pessoas que queiram usá-los para conquistar cargos ou posições. É crucial amadurecer, pois estamos apenas no início da batalha; a guerra acirrada ainda virá. Este é apenas o princípio das dores.[7]

"Apesar de tudo, jamais estarão sozinhos, meus amigos. Jamais! Quando falamos dos projetos dos guardiões neste momento de transição, de limpeza ética e de transformação do ambiente terrestre, a começar dos países aqui mencionados, não podemos deixar de lado nossos parceiros no mundo. Nenhum de nossos planos, nenhuma tática de guerra espiritual, de defesa ou de equilíbrio das forças em oposição poderá ser eficaz se não contarmos com nossos soldados no mundo físico, aqui representados pelos meus amigos pessoais, quem convoquei a fim de que todos pudessem conhecer nossa força-tarefa. São estes — falou, indicando o grupo de agentes desdobrados presentes ali — os atalaias, que têm se dedicado e se especializado, cada qual em seu país, com o objetivo de oferecer suporte aos projetos desenvolvidos aqui, nesta dimensão e em outras superiores."

Durante alguns instantes, todos fitaram o grupo de agentes desdobrados, os quais baixaram

[7] Cf Mt 24:8; Mc 13:8.

o rosto entre envergonhados e profundamente gratos a Jamar, o agente de segurança planetária.

Todos depreenderam das exposições até ali que os problemas enfrentados no Brasil e na América do Sul, onde a conferência ocorria, não se restringiam àquele continente ao se levarem em conta os fatores transcendentais que abarcavam toda a Terra naquele período. Os desafios sul-americanos e latino-americanos eram apenas parte de um fenômeno maior, de um conflito espiritual de grandes proporções, inerente ao próprio processo de expurgo planetário e de reurbanização extrafísica, que estava em pleno andamento.

Jamar e os outros representantes da justiça sideral demoraram por muito tempo ali, na assembleia entre mundos, a fim de deixar bem claro que os guardiões não ficariam de mãos atadas e braços cruzados diante dos dramas e dos acontecimentos que sacudiam a Terra. Por fim, ele terminou, asseverando em privado aos onze agentes desdobrados:

— Trabalhando com ética, vocês sempre poderão contar com amigos e parceiros, pois somente quem age com base na ética granjeia parceiros verdadeiros e amigos sinceros. Quem não observa esse princípio tem apenas cúmplices.

Nunca se esqueçam disso — acentuou o guardião.

"Preparem-se, amigos! Vocês precisarão visitar governantes de alguns países, políticos, homens de poder, instituições representativas. Urge levar até eles a mensagem a respeito da responsabilidade que têm em relação ao exercício do poder, o qual lhe foi conferido temporariamente, bem como acerca da obrigatoriedade imposta pela lei divina, que determina a cada um a colheita precisa, de acordo com as sementes que plantou. Nossa ação jamais se limitará a orar; consiste, sobretudo, em agir. Vocês serão nossos porta-vozes, e, se preciso for, eu mesmo me manifestarei através de você — apontou para um dos agentes — para falar, em nome dos guardiões, com os representantes dos poderes no mundo. Já está na hora de os espíritos agirem fora dos círculos tradicionais. Precisamos falar aos dirigentes das nações."

Capítulo 8

O CHICOTE DO ALGOZ

M ABRIL de 2016...

O Foro de São Paulo é o tentáculo da grande hidra na América Latina. Com várias cabeças, ou seja, diversas interpretações da mesma filosofia política essencial, o Foro não somente tece um viés contrário à política do Cristo — o anticristo —, como também se tornou, ao longo do tempo, uma das maiores organizações políticas do mundo atual. Engloba mais de uma centena de partidos políticos, entre outras facções, o que dá uma medida do avanço de sua política no continente. É patrocinado diretamente pelas forças da escuridão, opositoras ao progresso do mundo nas duas dimensões da vida.

No que tange ao contexto espiritual, os patronos da organização criminosa compõem uma quadrilha de seres sombrios, formada por cientistas políticos, mestres em hipnose, ou simplesmente hipnos, magos dominadores do pensamento e outros especialistas. Reúne criminosos dos dois lados da vida: corruptos e corruptores, empresários, industriais, homens ligados ao narcotráfico, sequestradores, guerrilheiros, todos embrenhados numa articulação com pretensões de poder e domínio a qualquer custo.

Numa das pontas estão as Farc — Forças Armadas Revolucionárias da Colômbia[1] —, cuja participação ainda é negada pelos dirigentes do Foro nos dias atuais; na outra, estão homens vestidos de toga, que deveriam zelar pela justiça, mas se dedicam a defender os interesses da quadrilha. Entre um extremo e outro, transitam parasitas de variadas classes sociais e adeptos de ideologias responsáveis pela morte e pelo assassinato de mais de uma centena de milhões de pessoas ao redor do mundo, apenas no séc. XX, bem como mercenários de dezenas de partidos políticos, além de uma miríade de militantes, entre eles professores, educadores e pseudointelectuais com interesses espúrios. A estratégia é a mais refinada possível. Lançando mão de táticas de guerrilha em todos os países por onde alastrou seus tentáculos, a hidra engendra e emprega processos hipnóticos em larga escala. Seduz desde artistas e intelectuais até políticos e religiosos, passando

---

[1] No dia 24 de agosto de 2003, a Folha de S. Paulo publicou uma entrevista concedida por Raúl Reyes ao repórter Fabiano Maisonnave, enviado à Amazônia colombiana para conversar com o então comandante das Farc, em que ele afirma: "Não me recordo exatamente em que ano, foi em San Salvador, em um dos Foros de São Paulo (...), ficamos encarregados de presidir o encontro" (http://www1. folha.uol.com.br/folha/mundo/ult94u62119.shtml, acesso em 3/9/2016).

por jovens e pessoas de bem que se deixam arrastar pelo canto da sereia, pelo fascínio da utopia na Terra, e se tornam devotos de promessas jamais cumpridas, mas amplamente propaladas em todo o continente e onde quer que a hidra tenha se instalado, como se fossem verdades autoevidentes.

Após a derrocada dos *daimons*, ou dragões,[2] a rígida hierarquia das sombras perdeu em boa parte a estratificação. Desde então, os fulcros de poder se pulverizaram, formando comandos, quadrilhas e, de modo geral, associações criminosas em busca de mando, pois seus integrantes sabem que lhes resta pouco tempo no contexto mundial, tendo-se em vista a proximidade de um degredo em escala planetária. Diante disso, o Foro, em suas duas vertentes, nos panoramas físico e além--físico, é, sem dúvida, uma das maiores agremiações de articulação criminosa em atividade, uma vez que congrega peritos dos mais experientes e bastiões da política do anticristo na Terra. Numa

---

[2] A figura do dragão como representação do mal é um conceito bíblico (cf. Dn 12:1; Jd 1:6,13; Ap 12:7-9). A derrocada a que o autor espiritual faz referência foi descrita por ele anteriormente (cf. PINHEIRO, Robson. Pelo espírito Ângelo Inácio. *A marca da besta*. Contagem: Casa dos Espíritos, 2015. p. 510-616. O reino das sombras, v. 3).

escala de proporções nem sequer imaginada pelos homens terrenos, a grande hidra, como uma horda da escuridão, consegue conviver intimamente, e de maneira premeditada, numa trama entre crime e política como nunca se viu antes. Ao mesmo tempo, cada elemento envolvido nessa vasta e letal organização está disposto a jogar o companheiro mais próximo na fogueira, contanto que seja para se livrar de enfrentar o fogo regenerador da justiça em todos os âmbitos em que se manifesta.

O HOTEL ONDE se hospedava o homem forte, o filho do Brasil, ainda permanecia sob forte aparato montado pelas forças da oposição à política divina do Cordeiro. Graças à atitude de um simples funcionário, os guardiões superiores conseguiram penetrar no local, abrindo uma brecha dimensional exatamente no quartel-general das entidades sombrias.[3] Na suíte que sediava a comitiva das negociatas sigilosas, sobre a cama onde dormia o comparsa das entidades sombrias, ainda se via o aparato semelhante a uma urna mortuária, em dimensão

---

[3] O episódio mencionado é narrado em detalhes no volume anterior da série *A política das sombras*, da qual este livro faz parte (cf. PINHEIRO. *O partido*. Op. cit. p. 147-168).

próxima e coincidente com o apartamento. Dentro dela, um mago da escuridão permanecia estirado.

À noite ou durante o dia, quando sobrava algum tempo, o homem que celebrara o contrato de poder com as entidades inferiores esticava-se sobre a cama — que, imediatamente, revelava-se um artefato de tecnomagia — e mergulhava no influxo mental e nos fluidos emocionais da entidade perversa. Ele mesmo, o homem forte, não suspeitava de que era o tempo todo manipulado com tal intensidade. Em vigília, julgava manter relativa autonomia, não obstante a aliança estabelecida, por vontade própria, entre ele e os celerados.

O homem forte voltou ao hotel depois da derrota fragorosa na Câmara dos Deputados. Os esforços foram em vão. Mesmo assim, não desistira de lutar, embora estivesse bastante decepcionado, desolado ante os resultados, com a certeza íntima de que haveria bem pouco a fazer. Logo que adormeceu, na noite em que se consagrou o encaminhamento do pedido de *impeachment* ao Senado Federal, mediante a votação em plenário, o filho do Brasil viu-se ser violentamente arrancado do corpo físico. Como se já não bastasse o profundo abatimento moral, um grupo de entidades truculentas o aguardava, magnetizando-o de tal maneira que não teria como resistir, ainda mais naquele estado de abalo emocional, após o duro golpe na autoestima. Afinal de contas, perdera uma batalha significativa tanto para ele quanto para seus comparsas dos dois lados da vida.

Um ser da escuridão, diluindo-se em ódio, havia acompanhado o homem forte, ora abatido, a cada local aonde fora naquele dia. O filho do Brasil não sabia o que fazer, pois julgava que fora apunhalado pelas costas, que fora traído pelos deputados aos quais dedicara grande parte de seu tempo em conversas infrutíferas, tentando captar votos a favor de seu projeto criminoso de poder a todo custo.

— Fui nocauteado. Fui traído! E, depois de fazer tudo por esses ingratos miseráveis... Eles esqueceram que foram beneficiados diretamente por mim. Se não fosse eu, muitos nem de longe estariam na posição que ocupam hoje.

— Não fique assim, Sr. Presidente — consolava-o um dos assessores, cuja entonação denotava a deferência de quem via o homem forte ainda como se fosse, de fato, líder máximo do país.

— Se ela conseguir se safar dessa situação, se conseguir se livrar do Senado, sou eu quem governará e dará as ordens. Aí verão onde vão enfiar esses votos e suas pretensões... — falou cheio de ira e, ao mesmo tempo, profundamente abatido. No íntimo, tinha medo. Um medo que não sabia precisar de onde vinha.

O homem levantou-se, acompanhado de seus assessores, depois de se consumar o resultado da votação. Notou como Ella estava toda alterada. Um misto de raiva e preocupação tomou conta dele, pois, de maneira intuitiva, de um jeito que não sabia precisar, pressentia que algo pior se esboçava no horizonte. Abatera-se ainda mais, não apenas em virtude do placar obtido na votação do *impeachment*. Havia algo mais, muito além das aparências. Seu semblante parecia cadavérico.

A cada passo que ele dava, o espírito das hostes do mal, um verdadeiro demônio da escuridão, arrastava-se atrás do homem que ainda era considerado por seus seguidores o presidente. Seguia-o como uma sombra pegajosa; as mãos da criatura esquálida tentavam agarrá-lo a qualquer custo. A ira da entidade, a fúria acentuava-se cada vez mais, mais e mais profundamente, irradiando-a a todos em seu raio de ação, incluindo o séquito de seguidores. Composto por alguns ministros de Ella, assessores e muitos bajuladores, todos intentavam tirar proveito e, ao mesmo tempo, combater o receio de ver sua fonte de dinheiro e de alimento não material — o poder — escapar-lhes das mãos.

De outro lado, um espírito familiar, cheio de boas intenções, procurava ajudar o homem forte a avaliar suas atitudes e a recuperar sua capacidade de pensar sensatamente, com o intuito de que ele se livrasse do elo que o prendia aos seres da penumbra. Acompanhava-o de longe. Como não dispunha de muitos recursos além de sua boa vontade, mantinha certa distância, com medo da entidade tenebrosa que caminhava logo atrás do homem, o centro das atenções dos assessores de Ella e de seus defensores mais acirrados.

O espírito que acompanhava o chefe supremo cravava-lhe os olhos esbugalhados e amarelentos. De suas narinas partiam vapores tóxicos, que, ao tocarem a nuca do alvo à sua frente, causavam pequenas explosões. A aura da entidade era uma nuvem de gases densos, uma fumaça negra que exalava de seu corpo astral deformado, envolvendo todos numa fuligem que, na verdade, era povoada de imagens mentais e formas-pensamento absorvidas, a longos haustos, pelo homem forte e por seus sequazes.

Logo que o homem forte elaborou um pensamento em sua mente, a respeito de um novo lance que pretendia empreender na grande batalha pelo poder, a entidade teve um acesso maior sobre seu psiquismo. Enfim, ele abria ainda mais a possibilidade de ser acessado. As ideias e as emoções que alimentava, desgovernadas pela raiva, pelo medo e pelo desejo de vingar-se dos deputados, além do sentimento de derrota, de incompetência e de arrependimento por haver legado a Ella a missão de dar continuidade ao projeto de poder, fizeram com que nenhuma defesa, por menor que fosse, opusesse resistência à ação de seu algoz.

Possuído, o espírito agarrou-se à sua nuca com garras afiadas, a que o homem forte reagiu imediatamente:

— Dor de cabeça miserável! Depois de tudo isso, ainda tenho de lidar com essa dor que parece querer esmagar minha cabeça.

As garras da entidade aprofundaram-se dentro do crânio do homem que comandava a política da nação por meio de seus comparsas e assessores incrustados nos três poderes, de correligionários e aliados eleitos no Congresso até magistrados nas cortes superiores e no Supremo Tribunal Federal (STF), estes disfarçados sob o manto da legitimidade constitucional.

— Agora, vou ter de parar para lidar com o problema de saúde... Isso acaba com a paciência de qualquer um! — reclamou, irritado, ao recordar outros problemas de saúde que o acometiam, agravados pela extrema ansiedade e pelo nervosismo dos últimos dias, que o tiraram da rotina que queria manter a todo custo. Era preciso tomar algumas providências urgentes, tais como contatar os parceiros do Foro, inclusive Fidel, e pedir apoio.

O espírito agarrou-o com maior vigor e conseguiu, por mecanismos ignotos, acoplar-se à sua aura enquanto ele andava pelos corredores, sempre secundado, com nervosismo, por seus sequazes. Tão logo ocorreu o acoplamento das duas auras, o filho do Brasil sentiu na própria alma o ápice do mais pungente desespero. Em âmbito mental, já pressentia que algo muito complexo o aguardava, mas o cérebro físico era por demais pesado, material, para saber traduzir a intuição dos eventos que transcorriam do outro lado da vida. A exasperação tomava de assalto sua própria alma, em grau avassalador. Porém, não podia perder o controle diante de seus homens de confiança. Na hora certa, pensou, para livrar-se de qualquer acusação, jogaria qualquer um deles na fogueira e se safaria; afinal, essa era sua mais habilidosa especialidade.

Ao ele considerar a possibilidade de lançar

mão de um dos comparsas, que se diziam amigos, lentamente o desespero cedeu lugar à fúria, ao ódio ou, quem sabe, começaram a conviver em dimensões diferentes daquela mente irrequieta. Foi o suficiente para o espírito da escuridão imergir nos fluidos do homem, e este, nos do espírito, de tal modo que, se a cena pudesse ser vista por algum dos companheiros, seria algo de difícil assimilação. Mas as preocupações eram outras naquele momento. O ser obscuro sentiu a raiva, o ódio, o desespero do filho do Brasil como um forte magnetismo que o puxava, favorecendo o acoplamento de auras.

— Falhei, eu falhei! — exclamava em voz audível à medida que caminhava. Queria urgentemente repousar, pois se sentia desvitalizado em demasia naquela noite. A coisa que ele jamais poderia ter feito era escolher aquela mulher, dar-lhe todo o apoio, pretender que ela simplesmente o sucederia sem comprometer o projeto criminoso de poder, sem rebelar-se, sem contrapor-se às suas determinações... Não sabia qual fora o maior erro; não se perdoava, fosse qual fosse ele. O sentimento de culpa invadiu o imo de seu ser de forma aterradora. Por que a miserável mulher não podia simplesmente ter seguido as diretrizes que ele dera, revelando-se tão incompetente assim e, ao mesmo tempo, tão arrogante? Por que insular-se, afastar-se de quase todos? Por que Ella se mostrara tão incapaz de governar e tão inepta, a ponto de alcançar aquela porcentagem extraordinária de rejeição dentro e fora das fileiras do poder? Experimentava o mais profundo desgosto. Sentia-se culpado ao extremo. E com medo. Medo de alguma coisa que não sabia precisar. Mas estava, decididamente, com medo.

Logo mais, ao deitar-se, não percebeu que sua cama já estava ocupada por um ser muito mais tenebroso do que quem lhe assediara durante o percurso desde o Palácio da Alvorada, repleto de pavor e pensamentos desconexos e, ao mesmo tempo, de planos mirabolantes que, admitia, não dariam mais certo. Quando, finalmente, estendeu-se sobre o leito, em meio a um suspiro, registrou apenas que algo estava muito errado. Algo além do resultado da votação. Naquele momento, não havia ninguém no mundo que ele odiasse mais do que Ella e, por incrível que pareça, a si mesmo, pois não se perdoava. Sentia que a alma estava dilacerada ao ver todo o projeto de domínio ser ameaçado tão catastroficamente. Mesmo assim, não desistiria.

Ao deitar-se, era como se seu corpo pesasse muito mais do que todo o peso do mundo. Sentiu-se afundar na própria cama, mas não notou que, ao acomodar a cabeça sobre o travesseiro, acoplara-se ao ser medonho que já preenchia o leito. Havia anos que esse fenômeno ocorria. Entretanto, nos últimos tempos, o parasita, o espírito de tendências vampíricas, intensificara os laços da possessão que os unia. Era um dos espectros, um dos próprios seres, dos mais temidos, inclusive pelos senhores da escuridão. Teve as energias sugadas, a vitalidade exaurida pelo chefe de legião. Não havia a quem recorrer para salvá-lo da situação.

Dentro do quarto, tudo era observado por um espião. Era o próprio Ivan quem estava ali, guardião de procedência russa, envolvido em campos de invisibilidade e isolamento, pois essa era sua especialidade. Ivan já fizera esse trabalho antes, sempre a mando de Jamar. Afinal de contas, o guardião planetário não confiaria uma tarefa dessa monta a não ser a quem estivesse profundamente comprometido com os ideais do Cordeiro e diretamente inspirado por Miguel. Ivan é um extraordinário especialista e anotava tudo, cada pormenor.

Assim que os dois se acoplaram, o espectro e o homem forte, o chefe de legião o arrancou do corpo com uma força brutal, absurdamente invasiva, quase o arrojando definitivamente para fora do corpo físico e lhe ocasionando a morte, não fossem os planos que ainda teriam a desenvolver em conjunto. O vampiro subiu em direção ao teto, levando seu troféu de derrota, seu pacote encomendado pelos juízes perversos e pelos magos donos do poder nas regiões ínferas. Rodopiou em torno do próprio eixo, causando horror e tonteira aguda no homem forte, agora enfraquecido pelo medo e pelo sentimento de culpa. O espectro deixava verter, de sua bocarra com dentes afiados e pontiagudos, uma espécie de fluido denso, com aspecto de baba. Conteve o ímpeto maligno num átimo. Convinha ter cuidado para não provocar o desenlace do sujeito, uma vez que ser tão abjeto e de tamanha treva poderia levar à morte instantânea qualquer mortal de quem se aproximasse, não fosse o fato de ter tomado as devidas providências anteriormente.

O processo todo não consumiu mais de alguns minutos, talvez segundos, pois logo, logo, o homem forte foi literalmente arremessado a um precipício de escuridão densa, quase material. Ao cair, sentiu-se estatelar-se num chão viscoso, que, segundo seus sentidos, estava cheio de bichos de toda espécie. Lacraias, serpentes e escorpiões gigantes subiam-lhe pelo corpo espiritual, desdobrado à força e de maneira violenta. Gritava e chorava de pavor ao ver-se nesse local.

Algumas luzes se acenderam, embora talvez não se pudesse chamar aquilo de luz. Era uma claridade, quase uma penumbra, apenas o suficiente para concluir que estava em meio à arena que conhecia muito bem de outras ocasiões. Pôde ver, sem entender, é claro, que os seres estranhos ou peçonhentos que tentavam lhe subir os membros eram apenas criações mentais das mais abjetas, fruto de suas próprias emanações, uma vez que os fluidos ambientes do plano extrafísico assumem, de imediato, forma compatível com a qualidade dos pensamentos das almas que transitam em dado contexto.

Em sua tentativa de se levantar, as pernas não resistiam e o sistema energético do corpo espiritual padecia, pois se mostrava extremamente sobrecarregado. O chacra cardíaco era totalmente obscurecido, enquanto a região cerebral parecia receber descargas elétricas constantes, iluminando-se de uma luz baça, um misto de fagulhas de cor vermelha e roxa. Os membros inferiores estavam completamente tomados por formas-pensamento, que se entrelaçavam em seu entorno e subiam-lhe até o chacra básico, na região genital. Espetacular quantidade de seres microscópicos, semelhantes a larvas, alojava-se no baixo ventre, em colônias numerosas, e outros se alastravam pelo plexo solar e pelo esplênico, sendo sugados pelos vórtices energéticos e distribuídos pelos inúmeros filamentos fluídicos que irrigavam o organismo. Como consequência, o corpo astral apresentava a vibração adensada ao extremo.

Quando conseguiu se erguer finalmente, depois de muitas tentativas forçadas, deparou com uma fileira de espectros em círculo portando suas armas de formato arcaico e insólito, cada qual vestido com uma indumentária totalmente diferente das que os humanos usam. A pele lívida, semitransparente, opaca e sem vitalidade deixava à mostra fios tênues azulados e arroxeados, lembrando as veias de um corpo humano cadaverizado. Olhavam-no com extremo ódio.

Gemendo próximo a ele, uma voz de mulher parecia suplicar por haver tido o mesmo destino. Estaria no inferno? Chegou a pensar. No entorno do homem forte, em nichos empilhados uns sobre os outros, em vários andares, olhos vigiavam-no na penumbra, na escuridão, dando a entender que era uma construção de traços medievais.

Dentro dos nichos, encontravam-se os juízes, os senhores da justiça, conforme os parâmetros daquela organização representativa das esferas mais ínferas do submundo. Muitos dos chamados juízes cobriam suas cabeças com cabeleiras de cachos caindo-lhes até os ombros. Ocupavam todos o segundo andar dos compartimentos encravados nas paredes negras e escorregadias, cobertas por musgos, os quais nada mais eram do que criações mentais dos magistrados das trevas. Nos demais nichos, desde o primeiro andar, em forma circular, passando pelo segundo, onde os juízes se alojavam, até os mais altos, que se perdiam de vista, magos encastelavam-se, cada qual perito em sua especialidade. Eram os ditadores e verdadeiros manipuladores do esquema de poder, os mandarins da quadrilha de seres da escuridão, que se reuniam uma vez mais para cobrar de seus asseclas encarnados e desencarnados os resultados dos projetos traçados no recanto sombrio de alguma região do submundo abismal.

De repente, um chicote similar a algo feito puramente de eletricidade rodopiou o ar e acertou de chofre o homem forte, que uivou de dor, pois sentiu as correntes magnéticas percorrerem seu corpo psicossomático, descarregando fagulhas que doíam até a alma. Do lado oposto, novamente se viu um chicote bramir da mão de um dos espectros, e o grito de uma mulher elevou-se mais do que o do homem forte, agora enfraquecido perante seus cúmplices e dominadores.

— Craaau!... — ouviu-se um bramido gutural e animalesco advindo de algum lugar daquele tribunal de entes malditos. Uma forte cintilação de repente rasgou a semiescuridão do ambiente, e se viu um ser medonho aproximar-se da mulher, que rastejava, choramingando. Trêmula e apavorada, tentava desvencilhar-se das correntes elétricas que a atingiam e a golpeavam diretamente, tanto quanto ao homem que já fora considerado forte.

Um ser muito mais estranho do que os espectros foi visto num relance. Era alto, esguio, cheio de escamas. Nada nele lembrava a forma habitual dos magos, tampouco a dos obsessores mais comuns. Foi apenas uma aparição, mas o suficiente para acompanhar quando saltou de um dos nichos e se jogou sobre o piso do ambiente encravado em algum lugar tenebroso do inusitado submundo da escuridão. Enormes olhos pareciam querer saltar do crânio ligeiramente arredondado; uma cauda arrastava-se, cheia de escamas, como o restante do próprio corpo. As mãos eram desproporcionalmente avantajadas, cujas pontas dos dedos eram como ventosas, que tocavam nos objetos de maneira diferente da humana. Em tudo a entidade destoava dos presentes, mesmo os mais surreais e excêntricos, os espectros e chefes de legião. Ao mesmo tempo em que a aparição estava ali, ela, no instante seguinte, escondeu-se em algum sítio ainda mais mergulhado na escuridão quase palpável, quase material do ambiente astralino inferior.

— Você! — gritou a voz do filho do Brasil quando reconheceu a comparsa.

— Me salve, me salve!

— Eu não posso fazer nada, lembra-se? Fomos nós que os procuramos; eles não perdoam. São verdadeiros demônios!

O chicote de eletricidade bramiu novamente, acertando em cheio os dois cúmplices. Choraram convulsivamente diante da atitude dos espectros, mas nunca mais esqueceram os olhos estranhos do ser incomum que os observava de algum lugar ignoto, em meio ao escuro daquela arena dos infernos.

Abriram-se os livros e assentaram-se os juízes, e os dois foram confrontados, o criador e a cria, com os resultados frustrantes de suas escolhas, não por um tribunal divino; ao contrário, por um tribunal das trevas, onde não se reconhecia a misericórdia nem tampouco a comiseração. Viram-se compelidos a enfrentar os próprios cúmplices, ou lordes, pois jamais poderiam chamá-los de amigos. Afinal, numa associação dessa natureza, entre membros de uma quadrilha, não existem amigos, mas somente comparsas. E também algozes.

O ser medonho que aparecera repentinamente não se mostrou mais e, ao que tudo indicava, permaneceu impassível onde quer que estivesse. Observava tudo e todos da escuridão. Apesar do inusitado, ele não era um espírito desencarnado, como os demais. Na verdade, era detentor de um corpo semimaterial, pois vinha de um mundo distante, de uma estrela que, àquela altura, eclipsava-se, prestes a fenecer; era um mundo escuro, e, portanto, o ser horrendo estava habituado à escuridão mais densa, que, para ele, era algo perfeitamente comum. Dotado de um corpo diferente, aguardou com aparente tranquilidade, a fim de observar como os juízes do submundo conduziriam aquele julgamento perante a derrota dos emissários de suas ideias no plano físico.

Ella estava transtornada, mentecapta, embora se esforçasse para manter a aparência de uma pessoa lúcida. A loucura tomava conta de sua mente comprometida com a sanha de poder, que lhe levara a um quadro que ela mesma não controlava, ao qual não resistia mais. Seu espírito produzia pensamentos desconexos. O preço do desejo de dominar era alto por demais.

O ser observava quieto, imóvel. Talvez ele nunca mais aparecesse, mas quem sabe o tal ser apenas examinasse, pesquisasse e buscasse conhecer o caráter, a política e o modo humano de viver... Talvez... Só o tempo poderia dizer e revelar a natureza das coisas.

Capítulo 9

AS HOSTES ESPIRITUAIS DA MALDADE

UM TEMPO DEPOIS, que mais parecia uma eternidade, um carro com placa oficial corria veloz rumo ao prédio do Congresso Nacional. Um dos parlamentares dirigiu-se urgentemente à sede do Senado Federal tão logo soube que determinado congressista, presidente interino da Câmara — o qual era assessorado por um grupo de espíritos com parcas habilidades e inexpressiva inteligência —, decidira anular a sessão que autorizara o processo de *impeachment* aprovado pelos deputados. Esse ato de despautério, assim como outros que ocorreriam logo mais, fora apoiado clandestinamente por dirigentes e governantes influentes ligados ao Foro de São Paulo, o tentáculo da hidra à brasileira. Sucederam-se um sem-número de reuniões secretas, trocas de mensagens e telefonemas sorrateiros, comunicações por meio de tecnologias e aplicativos, através dos quais políticos de países da América Latina e ao redor do país — incluindo alguns poucos disfarçados de togas negras — estimularam ou deram aval ao ato do presidente interino da Câmara, no silêncio constrangedor, demonstrando cumplicidade, ou no modo como trataram o tema. Com tudo aquilo longe do conhecimento de jornalistas que levariam a tramoia a público, somente mais tarde se veria o estardalhaço provocado pela anulação temporária da abertura do processo de impedimento.

A situação, tão descabida e flagrantemente escandalosa, mostrou-se insustentável. Um representante legítimo do poder no país usaria de suas prerrogativas para proclamar inválida uma votação realizada de maneira constitucional — aplaudida pela maioria absoluta dos deputados federais e da população —, num ato que desrespeitava o povo e os poderes democráticos da nação. Mas tudo era apenas o reflexo, no mundo físico, de acontecimentos desencadeados na dimensão além-física, vibratoriamente próxima ao local onde se consumara o gesto de desprezo às instituições, levado a cabo por um homem assessorado por espíritos vândalos no Planalto Central.

Do outro lado da barreira das dimensões, dois homens de grande estatura e porte escultural desceram em cima de uma das cúpulas do Congresso Nacional, embora ficassem apenas observando enquanto flutuavam a uns dez metros acima dela. Mantinham-se suspensos unicamente pela força mental, que denotava pleno domínio dos fluidos do ambiente e sobre a estrutura de seus corpos espirituais, apesar da grande densidade desses mesmos fluidos, devido aos pensamentos dos que ali se reuniam no plano físico e aos embates travados dentro das duas casas legislativas. A aura dos dois seres reluzia fulgurante, à semelhança de um raio relampejando no seu entorno, por mais que quisessem se manter ignorados. Ao se projetarem, a aura de ambos se inflamava, dando a aparência de um relâmpago congelado no tempo, porém como fogo de mil raios reluzentes e coagulados na forma de asas estruturadas em pura energia sideral.

Um dos espíritos, mais corpulento, trazia um turbante encimando a cabeça. Era Zura, coordenador das legiões de Maria. O outro, não menos portentoso, tinha cabelos um pouco maiores do que usava em outras ocasiões e uma barba que parecia haver crescido levemente, a qual refletia raios dourados que se misturavam com o refulgir de seu rosto e de sua aura. Os pelos pareciam se diluir em meio à luz que irradiava de seu corpo espiritual, dando-lhe uma aparência ao mesmo tempo angelical e máscula, com um magnetismo altamente irresistível, além de uma ascendência moral inegável, após milênios de trabalho em favor da evolução planetária. De repente, no estilo que lhe era próprio, com comportamento que lembrava um militar de elevada patente, brandiu sua espada, um instrumento da alta tecnologia sideral. Abria, assim, uma brecha entre dimensões, através da qual se transportariam contingentes de guardiões que trabalhavam em sintonia com os exércitos celestes e seu comandante, Miguel.

Naquele momento, em diversos cantos do mundo, ocorriam situações semelhantes, com a presença de outros representantes da justiça divina, mas principalmente em países como Venezuela, Cuba, Bolívia, Colômbia, Coreia do Norte, China, Síria e Argentina, onde a atenção das equipes de guardiões era requisitada com urgência.

A brecha dimensional aberta pela espada do guardião parecia uma espiral, um remoinho de energias, afunilando-se na parte de cima e abrindo-se em direção ao solo, e cuspia equipes de seres iluminados, os quais transpunham a delicada teia etérica da barreira das dimensões. A espada fulgurante do guardião não parava de revolucionar em sua mão direita, mostrando a força das energias movimentadas pelo aparato, desenvolvido pela técnica sideral.

Os corpos semimateriais dos guardiões reagrupavam suas moléculas, que vibravam numa frequência superior. À medida que o fenômeno se dava e os corpos espirituais tocavam os elementos da atmosfera física, pequenos sons se ouviam. Eram o resultado da transposição dimensional e do contato da antimatéria da dimensão superior com as moléculas semimateriais, mais densas, do plano físico. Assim que tocaram o edifício do Congresso Nacional, as roupas reluzentes — característica própria dos fluidos de alta frequência de mundos sublimes, de onde advinham — tornaram-se mais opacas, diminuindo o reflexo de maneira natural, não intencional. Se algum mortal pudesse ver os seres do país da imortalidade, os perceberia com asas iluminadas, pois as irradiações eletromagnéticas de sua aura compunham um desenho de pura energia, que rebrilhava em torno deles, lembrando as linhas formadas pela limalha de ferro na presença de um ímã e produzindo a impressão, nesse caso, de terem asas com cintilações douradas. Ao ver a luminosidade natural tornar-se embaçada no contato com os fluidos densos do mundo material, o suposto observador diria que as asas se recolheram, tremeluzindo lentamente, sendo, então, absorvidas pelos corpos espirituais propícios para vibrar e viver em dimensões além da matéria, em mundos ignotos, cuja existência nem sequer era suspeitada por muitos pesquisadores encarnados.

Jamar empunhava sua espada — tal era o aspecto do instrumento que manipulava com elegância e destreza — com mãos aveludadas e, ao mesmo tempo, fortes, grandes e robustas. O semblante do guardião parecia fixar mais as estrelas de outro universo do que propriamente o ambiente material, o baixo mundo onde se corporificara por necessidade de intervir contra as forças da obscuridade. Os dois seres, tanto quanto os demais que se transportavam às centenas e centenas, trajavam roupas cujo estilo lembrava, em certa medida, o de fardas militares, se bem que bastante diferentes de qualquer uniforme usado por tropas da Terra. A compleição perispiritual era descomunal se comparada à dos homens terrenos, mortais. Paradoxalmente, à parte esse fato, tão logo sua irradiação psíquica se adequara à dimensão onde atuariam a partir de então, pareciam homens comuns, afinal, pertenciam à humanidade, embora alguns aqui estivessem desde épocas prístinas, imemoriais.

Os cintos cingidos e cruzados em seu dorso forte e delineado, após se adaptarem vibratoriamente à dimensão astral, mas quase física, pareciam haver se convertido em elementos dessa mesma realidade. O porte dos guardiões assim, corporificados, era imponente e impunha respeito, e até medo, às hostes espirituais da maldade. Os suportes de material brilhante, semelhante a ouro, transformaram-se em objetos com aspecto de bronze. Os cintos, igualmente dourados, de uma estrutura dimensional desconhecida, era como se fossem feitos de um simples metal nobre terreno. Enfim, haviam se corporificado no mundo astral denso, estando submissos, por essa mesma razão, às leis peculiares à dimensão aonde o trabalho os levara.

— Caríssimo Jamar, por que todo este aparato de guerra, meu amigo das estrelas?

Jamar levantou um dos dedos em riste próximo à boca, num gesto comum entre os guardiões, e respondeu:

— Miguel nos enviou aqui, amigo, pois estamos lidando com as hordas inimigas do progresso e do bem. Se não interviermos, todo o nosso esforço anterior terá sido em vão.

— Eu recebi também um chamado do espírito, meu comandante — respondeu Dimitri, que se acercara dos dois guardiões. — Por isso não titubeei; saí da posição no Leste Europeu e vim direto para cá. Na verdade, tenho atuado em diversas posições e em dimensões próximas à Crosta, mas trabalhar a seu lado, Jamar, é uma honra para qualquer guardião.

Jamar olhou sério para o amigo, demonstrando que não gostava da trilha que a conversa tomava.

— Breve chegarão nossos amigos encarnados em desdobramento — comentou Jamar, mudando de assunto.

Depois de algum tempo em silêncio, Dimitri resolveu perguntar:

— Você gosta mesmo dessa turma, não?

— São amigos de longa data. Nem eles mesmos sabem há quanto tempo estamos juntos. Se soubessem, se assustariam. Não há como não prezar e amar aqueles que nunca abandonaram o trabalho, nem a nós, mesmo nos momentos mais difíceis ou quando eles poderiam ter se beneficiado, ainda que de modo passageiro.

— Dá para notar a ligação estreita de vocês — comentou Dimitri, entusiasmado com a maneira como o amigo se referia aos parceiros no plano físico.

Enquanto isso, a Praça dos Três Poderes se enchia cada vez mais de espíritos de várias categorias. A maioria era de baderneiros, espíritos usados por especialistas e hipnos para causar distrações tanto perante os homens e a imprensa quanto ante o exame de médiuns e eventuais sensitivos desdobrados. Depois, via-se a tropa de choque dos magos negros: os sombras, a milícia dos senhores da escuridão. Em seguida, distinguiam-se os vampiros de energias humanas, esqueléticos, seres extremamente perigosos e cruéis.

Entrementes, havia outros acontecimentos em andamento no obscuro pensamento de um dos que deveriam agir em nome do povo na Câmara dos Deputados. Todo o desenrolar dos eventos no Congresso Nacional, às vésperas de o Senado se pronunciar sobre a recepção do processo de *impeachment*, foi acompanhado diretamente por integrantes e membros ativos do Foro de São Paulo, que se juntaram para instigar o gesto estapafúrdio daquele homem. Escondidos, disfarçados, diversos quadros do Foro vieram ao Brasil, mantendo-se ao longe, distantes da mídia, pois temiam que sua presença, caso descoberta, pudesse dar ainda mais fôlego ao processo que, para eles, significava um golpe brutal sobre seus planos de domínio no continente. Em outra ponta, governos, presidentes, ditadores disfarçados de líderes populares, em seus devidos países, mantinham-se atualizados quanto aos lances que faziam com que o Brasil estivesse em polvorosa.

O chamado aos agentes veio exatamente no dia 9 de maio de 2016, quando o deputado que presidia interinamente a Câmara adentrou o gabinete onde trabalhava, acompanhado de seus aliados, para dar a notícia de sua mais absurda determinação.

ENQUANTO ISSO, um carro que levava um ministro e o advogado de sua confiança estacionou. Chegaram ao hotel que servira de base às operações dos mandarins das sombras e dos que pretendiam estabelecer uma ditadura disfarçada de democracia, com forte apoio do Foro e das mentes desequilibradas e desesperadas de seus idealizadores e patrocinadores do Além. Do veículo saíram homens engravatados, vestidos em paletós de carne, quase escondidos de seus perseguidores, comparsas e cúmplices invisíveis — *escondidos* como forma de dizer, pois em verdade cada qual era acompanhado por um especialista do astral inferior. Havia três automóveis estacionados defronte à entrada do hotel naquele momento, além de seus cúmplices espirituais.

Amplo aparato de segurança fora montado, especialmente porque o homem forte já se mostrava abatido, devido a diversos fatores, sobretudo em razão do evento no qual fora golpeado diretamente, atingido no âmago pelas indagações e as cobranças de seus comparsas do astral inferior. Um grupo de sindicalistas, de alguns parasitas que buscavam tornar-se famosos ou ser vistos ou fotografados junto ao homem forte, conseguira se hospedar no mesmo hotel. Havia outros, incluindo dois chefes de sindicato, que ali já estavam; também, entre eles, emissários de dois homens de toga preta, encastelados numa das instituições mais importantes da nação, os quais se movimentavam para defender o esquema de que eram também partícipes, com o qual tinham o passado largamente comprometido.

Alguns homens estavam em frente à portaria do hotel, aguardando a hora em que o homem forte e sua comitiva de cúmplices ali adentrariam. Alguns queriam apenas tirar uma *selfie*; outros pensavam até em chegar mais perto para um abraço, um aperto de mão ou outra forma de manifestação de suposta proximidade. Ao longe, um furgão pertencente a alguém ligado ao partido — claro, recebendo grandes somas de dinheiro — tinha a incumbência de vigiar e impedir que jornalistas não autorizados se aproximassem, assim como quaisquer pessoas que discordassem do *modus operandi* da organização criminosa.

— Jornalistas? — perguntou um dos homens de confiança do presidente que não era mais presidente, agora mais enfraquecido devido a eventos das duas dimensões.

— Oh, perdoe-me, senhor — disse um ministro do governo que enfrentava o impedimento. — Esqueci de lhe contar, Sr. Presidente. Temos gente nossa no hotel, e asseguro que foram reservados o andar inteiro e mais outro, para o caso de alguém tentar nos vigiar ou tentar penetrar em nosso círculo de segurança. Pode confiar.

Os homens dentro do furgão já estavam preparados para a chegada do homem forte. Logo após, mais dois ministros e um advogado de confiança saíram de um carro que estacionara um pouco mais distante, dirigindo-se para o mesmo local.

Observando tudo ao redor, um dos guardiões, sempre atentos, comentava com um amigo de trabalho:

— Mesmo assim, com todo o cuidado que tiveram, não conseguiram, de maneira plena, impedir que houvesse gente com ideias diferentes das deles hospedada no hotel escolhido; aliás, o mesmo do conluio formado para comprar os votos de parlamentares.

— Pelo jeito, Léon, há muito mais coisas envolvidas nesse braço ou nesse tentáculo representado pelo Foro de São Paulo do que as pessoas conhecem.

— Muito mais, guardião. Muito mais mesmo! Quando o povo e os envolvidos acordarem, estarão imersos, até a cabeça, em muita lama...

— Não haverá lugar para os artífices da quadrilha aqui, no planeta. É isso mesmo?

O guardião silenciou por um tempo, com certo ar de tristeza, o qual perpassou sua alma ao lembrar-se de alguns afetos seus, no plano físico, os quais estavam envolvidos no esquema da filosofia política defendida pelo Foro. Pensava ele especialmente no Brasil, onde os tentáculos do Foro estavam encravados mais intensamente naquele momento de guerra espiritual.

— Apenas com uma simples observação, Audrey, isenta de qualquer partidarismo, poder-se-ão perceber algumas situações que merecem ser pontuadas. Primeiramente, existem aqueles humanos encarnados que se aliaram por conta própria, procurando fazer um pacto, um contrato por meio do qual pudessem representar as feras da escuridão no plano físico e levar os louros de uma vitória enganadora. Estes são os protagonistas da história que se desenvolve nos bastidores da vida e também no mundo das formas. O segundo grupo é formado por seus seguidores, que, desejosos de ganhar algo, seja dinheiro, seja posição social e vantagens de toda sorte, defendem os princípios de uma filosofia política que em tudo pretende emular uma espécie de socialismo cristão, mas não passa de um simulacro de ideal cristão. Lançam mão de chavões por meio dos quais conseguem arrebanhar inúmeros fiéis pelo mundo, dissimulando suas intenções reais. Finalmente, existe a terceira turma, composta por muita gente de bem que está hipnotizada, imersa na ilusão, preguiçosa o bastante que é para não pesquisar, contentando-se em não raciocinar por conta própria, pois pensar de maneira diferente requer coragem.

— Pelo jeito, Léon, as pessoas pertencentes a este último grupo não estão preparadas ainda nem mesmo para cogitar a possibilidade de que possam estar enganadas, principalmente no caso de quem frequenta lugares como universidades e faculdades, que são pontos de disseminação da ideologia.

— De todo modo, é forçoso reconhecer também, Audrey, o mesmo fundamentalismo político-religioso de outros grupos, tanto no passado quanto no presente, em outros continentes. Em comum, não admitem perder o mando, e, para eles, o que importa não é o país ou o povo, mas se manter no poder a qualquer custo. Para eles, o povo é apenas um meio para atingirem o seu fim. Esse fanatismo político-religioso — pois transformaram seu ideologismo numa espécie de religião secular — é algo que se viu em raras vezes na história da hidra ou da imagem da besta. Esse tipo de forças com as quais estamos lidando é algo imaterial, quase metafísico; trata-se de um mal que se alastra e no qual não se toca, apenas se nota ou se constata pelos efeitos. É a face do anticristo, da segunda besta que ressuscita, enquanto o mundo se maravilha diante dela.

Após breve silêncio, Léon continuou:

— Observe, meu caro amigo guardião. Foram revelados os interesses e as intenções ocultas, tanto quanto a realidade das atitudes criminosas, graças, em boa medida, aos emissários dos guardiões, que entraram em ação e desmascararam os protagonistas dessa história de domínio e poder desmedidos. Agora, não tendo mais em quem jogar a culpa, os envolvidos não sabem como recuar. Não têm coragem de admitir que se equivocaram ou foram enganados. Com efeito, muitos não o fazem devido ao orgulho; outros, por vergonha, pura vergonha em reconhecer que erraram.

"Por motivos como esses, silenciam quando determinado integrante é descartado, escolhido para se queimar no lugar de seus dirigentes, e acaba por confessar ainda mais crimes da quadrilha. Resultado: uma vez que não há nenhum argumento inteligente capaz de refutar o desmascaramento de seus planos, resolveram apelar para a invenção de um suposto golpe. Tal chavão descabido é geralmente invocado quando faltam argumentos ou quando o grupo de poder é confrontado com a realidade. Isso se vê em vários países, e não somente no Brasil. Principalmente, como ocorre agora, porque os cúmplices é que delatam ex-aliados. Devemos esse momento à intervenção dos agentes dos guardiões, que, reencarnados, trouxeram à luz as obras das trevas mais densas, mostrando ao povo a vergonhosa atitude dos que se diziam paladinos da honestidade e intérpretes do clamor popular."

— Porém, meu amigo — tornou o guardião Audrey —, tudo isso é apenas uma ponta do *iceberg*, não a totalidade do que constitui o problema, uma vez que a parte maior, mais monstruosa, está escondida e disfarçada em grande parte dos partidos políticos, não somente em um único. E, em todos os continentes do planeta, também. Por isso a urgência do processo reurbanizatório, da relocação desses protagonistas do grande conflito dos séculos e de seus seguidores. Talvez o recomeço em outros mundos seja realmente o que salvará a Terra.

Ao lado da realidade vivida pelos humanos reurbanizados, relocados em novos corpos físicos e ainda somatizados no planeta, existe uma estranha realidade paralela. E a grande força dos habitantes dessa realidade alternativa, desse mundo paralelo, é mesmo quando alguém, como encarnado, não acredita em sua existência e no envolvimento das inteligências extrafísicas com os seres do mundo intrafísico. Assim, esses seres escondidos nas sombras do submundo ficam livres para agir com desenvoltura e sem serem notados, usando como marionetes até mesmo pessoas que se dizem do bem.

Havia quem não comungasse com o que aqueles homens faziam ao representarem as sombras mais densas por meio de uma filosofia política populista e um modelo de distorcer as coisas. Quem não compactuava com isso era usado pelos agentes da justiça, que determinaram trabalhar mais lentamente, arrolando provas e esperando o momento justo para o desmantelamento de toda a organização diabólica.

ENTIDADES PERVERSAS, magos negros e seus principais e mais próximos colaboradores pululavam por toda parte da capital federal quando saiu a notícia de que seria anulada a votação, realizada dias antes na Câmara dos Deputados. Irmina Loyola e Raul foram chamados a colaborar diretamente no entorno do Congresso. Porém, devido ao trabalho profissional e à diferença de fuso horário, foi Raul quem chegou antes, entrando no meio da briga das entidades que queriam, a qualquer custo, aprontar alguma situação para tumultuar ainda mais a cena nacional. Não bastava dias antes haverem tentado induzir os congressistas, embora tivessem sido rechaçados pelos guardiões; desta vez, insistiam e acreditavam que, com um exército maior de desordeiros, prevaleceriam. Contudo, Jamar dera ordens expressas de que, naquela hipótese, fosse convocado o exército de exus, conforme os soldados astrais eram conhecidos em terras brasileiras — os quais, no contexto hierárquico dos guardiões, denominavam-se praças. Tratava-se de Marabô, Veludo, Sete e mais outros, além da turma de guardiãs comandadas por Semíramis, Astrid e as demais oficiais da polícia feminina do astral.

De repente, era luta por todo lado, quando o carro do parlamentar corria célere para o Senado Federal, pois discordava das decisões do presidente interino da Câmara. As entidades vândalas começaram a fazer um movimento cujo objetivo era influenciar tanto aquele dirigente provisório quanto seus comparsas. Como não eram especialistas em nada, mas apenas baderneiros, não conseguiram elaborar um plano de ataque que fosse minimamente inteligente.

Até para que um dos especialistas das sombras, um mago negro ou outro ser das profundezas se ocupasse de quem quer que fosse, este teria de ter merecimento, ou seja, oferecer certo perigo para suas organizações, além de ser alguém com capacidade de se tornar uma peça inteligente, que pudesse ser usada por eles. Não era o caso do interino, cuja decisão fora no mínimo inconsequente, irresponsável e destituída de qualquer autoridade política, o que o mero exercício do cargo não lhe poderia proporcionar. Mesmo assim, o ato veio ao encontro dos propósitos de entidades mais inteligentes, que aproveitaram a intervenção desastrada para acentuar o clima de insegurança, o que, de qualquer forma, deixaria a nação em situação ainda mais crítica. Além da presença das entidades inferiores, sem escrúpulos e com falta de inteligência, o interino também fora induzido e manipulado pelo advogado-geral da União, que, àquela altura, estava absolutamente perdido, aliás, como geralmente se apresentava, prescindindo da inspiração de obsessores para tanto. A paranoia em defender o indefensável fizera dele o próprio obsessor.

— Não vamos perder tempo com esses dois — comentou um dos infelizes habitantes das sombras. — Ambos conseguem fazer estragos sozinhos. Seria perda de tempo e de energia mental tentar influenciá-los, pois eles próprios conseguem mais estragos juntos do que sob nossa inspiração.

As entidades sombrias se ocupariam de outros; seu alvo principal eram os homens de toga preta e os ministros indecisos, que poderiam causar uma reviravolta na situação sem subverterem as regras do jogo por completo.

Após notar a movimentação das entidades sombrias, um dos guardiões falou para Raul:

— Nos bastidores, convém ter cuidado com o pessoal do Foro. Tem ocorrido intenso intercâmbio entre os diversos países governados por membros da aliança, pois estão apavorados, com medo de perder mais uma de suas referências de desgoverno comunista no continente. Pouco a pouco, os guardiões vêm trabalhando e desconstruindo ideias em diversas frentes; com seus agentes encarnados, têm obtido vitórias excelentes.

Raul entrou na briga prontamente e com ímpeto para o ataque, auxiliado por Veludo, enquanto Jamar e os demais guardiões se dirigiram ao Supremo Tribunal Federal, pois agora era lá que se concentrariam as forças opositoras. Estas queriam a todo custo disfarçar a atenção dos agentes dos guardiões causando um rebuliço no entorno da Câmara, embora soubessem que de nada adiantaria a falcatrua do interino, pois este não detinha apoio nem legitimidade para promover uma mudança daquele calibre. Era usado diretamente pelos quiumbas, pois nenhum mago negro ou especialista perderia seu tempo ou talento com alguém sem importância nem características mínimas apreciáveis que justificassem sua ação sobre ele. O foco das atenções era outro, e o tipo de guerra era outro também.

Lá fora, ficaram os obsessores comuns, os perseguidores invisíveis e os inimigos gratuitos de uma bancada de adolescentes espirituais e políticos que estavam desesperados. Portanto, nada

de perder tempo com eles. Os espíritos vândalos e os marginais do plano astral inferior eram
incitados a fim de tão somente dividir a atenção
dos agentes da justiça e causar inconvenientes
tais que também capturassem os holofotes da imprensa e das pessoas que detinham condições de
intervir. A batalha verdadeira era bem outra.

Raul jogou-se em meio à turba de obsessores
vulgares, num verdadeiro combate corpo a corpo.
Veludo e Sete deram ordens para suas equipes,
de mais de mil espíritos cada uma, assumirem
a frente do combate que se realizava do lado de
fora do Congresso Nacional, já sabendo que tudo
aquilo era apenas uma tática de guerrilha, muito
comum também no plano físico, onde o Foro de
São Paulo patrocinava grupos daquela natureza e
partidos a ele associados. Fenômeno análogo se
via na Venezuela, na Bolívia e em outros locais; o
que sucedia no Brasil não tinha nada de singular.

A tática de guerrilha moderna lançava mão
de ameaças veladas e mesmo explícitas à ordem
social e jurídica, com agentes do poder fazendo acenos a movimentos sociais abastecidos pela
máquina pública e regidos como massa de manobra, os quais operavam invasões e quebra-que-
bras com o fim de instaurar ou perpetuar o clima

de instabilidade. Além disso, empregava intrusões e ataques cibernéticos promovidos por *hackers*, intimidações vindas do ciberespaço, com uso de *blogs* difamatórios e disseminação despudorada de calúnias e mentiras, entre outros expedientes. Ao mesmo tempo, coroando esse quadro, a tática consistia em repetir o discurso que visava inspirar comiseração e sentimentalismo na parcela da população sensível à pregação da quadrilha — enquanto esta, à parte todo esse jogo de cena, concentrava o fulcro de sua ação em outras frentes, as de interesse verdadeiro. Entretanto, desta vez os guardiões haviam detectado o estratagema a tempo e, então, dividiram o grupo de agentes para lutar em dois campos diferentes de batalha.

Capítulo 10

LUTA PELA LIBERDADE

DESDE O INÍCIO do processo de *impeachment* em andamento no Congresso Nacional, forças leais à Presidente da República recebiam auxílio de estrangeiros provenientes de lugares como Venezuela, Cuba e Bolívia. Contavam com agentes infiltrados em terras brasileiras, disfarçados de trabalhadores latino-americanos. Os guardiões foram capazes de detectar grupos dispersos pelo Brasil, tal como se dava em outros em países vizinhos, todos alinhados ao Foro de São Paulo. Entre as ações, a militância clandestina dispôs-se à montagem de *campi* digitais não só no Brasil, mas também na Venezuela e na Bolívia, de modo a concatenar a guerrilha digital contra os adversários políticos e todos os críticos da ideologia dominante. A guerra mudara de arena; na era da internet, muita coisa era feita a título de distração, capturando a atenção do povo e de quem poderia intervir, enquanto a artilharia se voltava para o alvo principal do ataque físico e extrafísico.

Raul se viu no campo de batalha sem ao menos desconfiar do que se passava dentro do Supremo e no Senado, onde os guardiões montavam guarda. Quando o presidente interino da Câmara dos Deputados acolheu o pedido do advogado-geral da União, havia espíritos sombrios, mais maldosos do que maus, usados pelos magos das trevas para tumultuar e atrapalhar o processo em andamento. Aparentemente, eram indivíduos sem perícia, apenas vingadores, arruaceiros e batedores enviados com o intuito de influenciar o interino, pois, neste caso, era dispensável o envolvimento de seres mais habilidosos. De natureza covarde, apresentavam-se briguentos, atormentadores; tão somente uma turba de seres maldosos, mas sem sagacidade suficiente para agir com relativa racionalidade. Via-se claramente que eram enviados para criar assuada e, por conseguinte, relegar a ação de fato importante ao segundo plano. O próprio advogado-geral não trazia junto de si nenhuma entidade de categoria mais interessante ou pronunciada. Decerto, por isso, as ideias e as intuições que conseguia captar nunca primavam pela inteligência; ao contrário, sempre se revelavam de uma puerilidade ou mediocridade que atestavam o tipo específico de sua companhia espiritual.

Os espíritos vândalos precipitaram-se de algumas construções do plano extrafísico, na verdade, torres de irradiação hipnótica dispostas estrategicamente no entorno dos palácios do Planalto e da Alvorada, apesar da distância entre estes dois prédios. Rumaram para a sede do Congresso Nacional, onde pretendiam fazer sua balbúrdia miserável. Seres advindos de algum limbo extrafísico corriam de um lado para outro, sem obedecerem a nenhum planejamento, como se houvessem sido jogados na luta simplesmente para provocar confusão. Lembravam os bandos de baderneiros e vândalos de certas manifestações públicas no país, nas quais o caráter predominante dos espíritos nelas imiscuídos não era diferente.

A algazarra era intensa, e intentavam penetrar na Câmara, apesar do forte aparato extrafísico de segurança montado dias antes. Raul se viu no meio da contenda junto com os exus, que, como numa luta corpo a corpo, atiravam longe os espíritos vândalos. Estes rebatiam em alguma construção e retornavam furiosos, porém, sem nenhum conhecimento de táticas de ataque ou defesa. Raul pegou numa das mãos de Marabô, que coordenava uma tropa de mais de mil espíritos — naquele momento, dispersos em diversas frentes de batalha —, e, rodopiando no ar, enquanto o exu o segurava pelo braço direito, foi literalmente arremessado para o alto. Raul girou em cambalhota, mas foi segurado imediatamente pela amiga Irmina Loyola, que chegou naquele exato instante e lançou-o contra uma turba de malfeitores que intentavam romper o cerco formado pelos soldados do astral. Ela própria, vestida num traje finíssimo, com os cabelos amarrados acima da cabeça, jogou-se por sua vez no mesmo local para onde Raul fora atirado, causando enorme rebuliço entre os espíritos vândalos, que não esperavam por algo assim. Provocaram verdadeira correria entre os espíritos atormentadores, limbíferos, que não conheciam nada da técnica empregada pelos dois, Irmina e Raul, estes, acostumados a coisas do gênero e treinados pelos guardiões superiores nas regiões densas do submundo.

Alguns espíritos covardes, embora também da mesma categoria dos demais, correram ao ver os exus tomando o ambiente com notável força e fúria, conforme o interpretavam. Saíram como seres sem rumo, olhando aqui e acolá, temendo ser capturados pelos adversários, mas nada assim ocorreu. Saíram do campo de ataque, ao passo que os magos e os especialistas buscavam romper o cerco no Senado Federal e no Supremo. A Praça dos Três Poderes havia se transformado num palco de guerra. Na correria desenfreada, com medo dos exus, que agiam em sintonia com a estratégia desenvolvida pelos guardiões, os marginais saíram em carreira pela Esplanada dos Ministérios e pelas imediações, adentrando prédios ocupados por diversas repartições. A simples presença deles ali foi suficiente para disseminar o medo, a apreensão, a tormenta de emoções e outros estados de espírito completamente dispensáveis naquele momento que a nação vivia. Jamar e Watab, Astrid e Semíramis, Diana e Hipérsile voavam juntos, deslizando nos fluidos da atmosfera espiritual para defender a corte suprema do ataque dos idealizadores invisíveis do Foro.

— Ocorreu uma coisa incomum — disse Jamar ao grupo de espíritos que o acompanhava, pertencentes a uma categoria superior do comando de guardiões da humanidade. — Os magos negros, valendo-se de uma nova forma de agir proporcionada pela tecnomagia, conseguiram desdobrar parcialmente Fidel Castro, Maduro e outros colaboradores seus enquanto estes permanecem em vigília, embora, na base física, ajam de maneira mais lenta durante o desprendimento magnético. Induzidos pelos magos, projetaram-se aqui, no ambiente do Brasil, e estão, exatamente agora, em frente ao Supremo tentando romper o cerco criado por nossas defesas energéticas.

— Mas conseguirão penetrar a cúpula de energia que erguemos em torno da construção?

— Sinceramente, temos dúvidas — adiantou Jamar, enquanto voavam celeremente em direção ao STF. — Sabem muito bem que tudo depende do que os homens encarnados oferecerem de recursos neste momento. Como existem ministros ambivalentes, que jogam dos dois lados, isto é, juraram defender a lei e a ordem, mas, ao mesmo tempo, aliaram-se aos representantes da oposição à política do Cordeiro... tudo é possível. Tais magistrados escondem-se debaixo da toga, enganando imprensa e cidadãos, pois estão comprometidos com o desvio de verbas públicas que o Foro patrocina, operado pela quadrilha que se instalou no país. Eles procuram dar ares de democracia e legitimidade às ideias socialistas implementadas segundo o viés de Silva. Em suma, as atitudes de quem estiver lá dentro, fazendo ou não ponte com tais entidades, são fundamentais e serão determinantes.

— Tenho uma ideia, Jamar — falou Diana, uma das comandantes das guardiãs. — Podemos envolver o Supremo, todo o edifício, numa cúpula de invisibilidade, embora não seja fácil o empreendimento. Aproveitaremos para sobrepor campos de força em torno dele e, para tanto, precisaremos que você autorize a Estrela de Aruanda a se deslocar até aqui. Não temos muito tempo, caso aprove a ideia.

Jamar olhou para Watab e, sem pestanejar, desembainhou a espada e fez um movimento, rodopiando o instrumento como se fosse desferir um golpe no ar. Um som sibilante foi emitido, um sinal, algo imperceptível para as entidades das sombras. Enquanto isso, as guardiãs — um grupo de mais de 200 espíritos sob o comando de Semíramis, Astrid, Diana e Hipérsile — desceram num voo veloz e pairaram sobre a malta de seres sombrios que se reunia nos arredores do Supremo. Equipamentos de tecnologia astral eram instalados pelos ditadores das sombras em torno do prédio erguido de acordo com o projeto de Oscar Niemayer.

A intenção, em curto prazo, era instaurar no país um regime híbrido, de nítido viés autoritário, subvertendo as regras vigentes. Modificando-se certas normas, seriam concedidos poderes ao ex-presidente, que, na prática, como uma espécie de superministro, governaria por meio de sua cria e representante, mantendo-se no domínio da nação. Caso vingasse o estratagema das entidades sombrias e de seus cúmplices encarnados, por certo o projeto espiritual do país e da

América Latina seria retardado por, no mínimo, 50 anos. Isso afetaria gravemente o planejamento de Ismael e de Miguel para a nação brasileira, com sérias repercussões para o restante do mundo.

Não obstante, tal realidade escapava ao interesse até mesmo de grande número de espiritualistas, que haviam mergulhado em tão alto grau de hipnose que foram levados por um fundamentalismo religioso e político com graves consequências para si próprios, mas também para a equipe dos guardiões superiores. Agora, além de combaterem contra as forças ínferas das regiões espirituais da maldade, estes têm de fazer frente àqueles que se dizem do lado do Cordeiro e marcham, em suas fileiras, fazendo apologia à política dos soberanos das sombras — ainda que acreditando, com toda a sinceridade, que defendem o lado do bem. Esse, talvez, seja o maior dos desafios.

Instantes depois que a espada de Jamar emitiu o sibilo audível apenas à sua equipe, que plainava sobre a cidade, surgiu a Estrela de Aruanda, a nave poderosa dos emissários da justiça.

Com reverberações luminosas que mais pareciam asas, como se plainasse montado um cavalo alado, Jamar deslizava nos fluidos entre a atmosfera e a crosta terrena, atento a tudo. Era acompanhado por Semíramis, que bailava ao sabor do vento, deixando se levar pelos fluidos, que a transportavam sob o comando do seu pensamento; e também por Watab, o guardião africano. Os três ouviram os comentários das entidades perversas sobre os planos de boicotar a democracia e, além do mais, aproveitar as disposições íntimas e as convicções pessoais do homem forte. Falavam também sobre Ella, a cria que lhe sucedia no poder, e o papel que lhe competia ao transformar o que ainda era conhecido como estado de direito num sistema inominável, a despeito de continuarem usando o termo "democracia" como mote. O intuito era escamotear o tipo de socialismo que pretendiam implantar no país e, então, aliar-se de forma definitiva àqueles governos da América Latina que conseguiram destruir seus países com promessas e atitudes idênticas.

Por outro lado, alguns grupos de pessoas se fortaleciam em oração, uma oração com propósito e firmeza, no coração do Distrito Federal. Energias irradiavam e se colocavam como elementos de contato com o Plano Superior. Haviam se reunido de acordo com a orientação de seus mentores espirituais; o Alto, afinal, atendera a seus clamores por uma intervenção direta nos acontecimentos.

— Não dá mais para esperar, pois não temos tempo a perder — disse Jamar para os amigos guardiões. — Por mim, basta! — Um silêncio repentino tornou-se dissonante ao que ocorria entre as hordas inimigas.

— Bem... — disse Ivan, que acabara de chegar. — Então vamos entrar em ação?

— É o que parece — disse Astrid, enquanto Dimitri e Kiev chegavam para compor a comitiva de guardiões a fim de logo todos começarem a intervenção.

Entrementes, Irmina Loyola, desdobrada juntamente com Raul, causava uma perda sensível entre as fileiras dos espíritos baderneiros. Raul simplesmente não media esforços; pegava um e outro pelo braço e atirava-os, como se fosse os estatelar numa parede próxima. Irmina o ajudava, jogando-os na brecha espaço-temporal criada pela espada de um dos guardiões. De um momento para outro, Raul foi pego de surpresa, e um dos quiumbas o jogou longe, fazendo com que ele se arrebentasse sobre um dos pilares da construção do Congresso. Raul saiu furioso, sentindo a dor repercutir — no corpo físico, ao longe, na região lombar — exatamente onde ele recebera o impacto na dimensão extrafísica. Somente ouviu as vozes de Irmina e Dimitri ecoarem dentro dele, num grito:

— Não faça isso, Raul... Pare!

Ele saiu em desabalada carreira, como um raio, ignorou as recomendações dos colegas e gritou para Kiev:

— Venha atrás de mim, ou eu vou causar um estrago que nem você vai conseguir resolver. E cale-se, Irmina! Ou venha me ajudar...

Os dois partiram feito um projétil sobre o espírito que atingira Raul; ele quase degolou o espírito — caso isso fosse possível. Segurou-o pela garganta enquanto aplicava-lhe pontapés; manipulou fluidos magnéticos de grande intensidade, assoprando a região do plexo solar do miserável espírito, que permanecia com a goela apertada por Raul, quem, ao mesmo tempo, desfechava-lhe golpes por todos os lados. O espírito vomitou como quem fosse expurgar os próprios chacras à medida que eliminava fluidos densos e contorcia-se todo. Por fim, Raul ainda pegou a infeliz criatura por uma das pernas, rodopiou com ela no alto, segurando-a pelo braço direito, e soltou-a, de maneira que, em meio a vômitos, dores e esgares, a entidade das trevas foi arremessada para longe, sendo amparada por Kiev, que vinha célere ao encontro do sensitivo. Quando Irmina conseguiu chegar mais perto do amigo, ele estava tresloucado.

— Não me toque, não me toque! Ou você me ajuda ou se transformará em alvo meu — gritava Raul para Irmina, com imensa raiva dos quiumbas.

— Eu sou sua amiga, Raul! Sou sua amiga, e não inimiga!

Raul estava transtornado de raiva daqueles espíritos e caiu feito raio no meio de uma turba que vinha em sua direção. Irmina não teve como evitar o confronto, e Kiev, ao mesmo tempo, entrou no combate corpo a corpo junto com eles. Desembainhando sua espada, o guardião abriu uma brecha entre dimensões, para facilitar o transporte das entidades perversas que estavam sendo arremessadas pelos outros guardiões e exus, que se juntaram aos agentes desdobrados.

— Pare, homem! — disse Kiev. — Pare ou você vai estragar tudo! Temos de agir em sintonia com os guardiões, e não movidos pela raiva.

Raul olhou para ele por uns segundos, como se fosse lhe dar ouvidos, e falou:

— Você é o responsável pela minha segurança, então, honre sua posição. Como eu não vou parar, se Jamar souber que você me deixou sozinho, ou se me acontecer algo, você responderá por isso.

Segurando a mão de Irmina, os dois desceram em um voo violento rumo aos desordeiros, que queriam entrar no Congresso de qualquer jeito para provocar ainda mais dificuldades além do que o deputado e presidente interino da Câmara já havia causado. Como não podia deter Raul, Irmina apenas o acompanhou de perto, sem o deixar sozinho por um minuto sequer. Kiev quase teve medo de Raul, diante da fúria com que ele atacava as entidades perversas e galhofeiras. Via-se um bando de espíritos correndo feito loucos, sibilando, como se fossem cobras venenosas, que gritavam:

— Ele é um mago! Corram! É um dos senhores da escuridão.

Nesse momento, Raul transformou-se todo. O perispírito do sensitivo assumiu uma forma antiga: alto, esguio, cabelos longos, porém, amarrados acima da cabeça, numa trança envolvida por uma espécie de cinta de couro, mas completamente calvo de resto, com apenas aquele rabo de cavalo bem no topo da cabeça. Roupas vermelhas cintilantes esvoaçavam, e os olhos intensos de raiva irradiavam magnetismo diretamente para os infelizes filhos das sombras. Rodopiou sobre si mesmo, causando um remoinho que arrastou os filhos da destruição; somente parou quando o próprio Jamar projetou sua imagem bem perto dele, olhando-o com tom de repreensão. Raul, então, deteve-se ante a imagem do chefe dos guardiões e amigo pessoal, a quem aprendera a ouvir, amar e respeitar há tempos.

— Volte à sua forma atual, Raul. Não faça isso! Sabe que é perigoso. Para você e para os demais.

— Mas...

— Nada de "mas"... É uma ordem, soldado!

Imediatamente, o paranormal entendeu e obedeceu; nem raciocinou. Irmina acalmou-se e ficou em silêncio; respirava ofegante. Kiev arregalou os olhos e não deixou de fitar o amigo por um segundo sequer.

— Você não precisa de um guardião — falou, dirigindo-se a Raul. — Precisa de um campo de contenção, isso sim.

Foi a vez de Kiev receber um olhar de reprovação da parte de Jamar. A aparência de Raul modificou-se gradativamente, até assumir a forma de sua última encarnação andaluz.

— Quero que assuma a aparência da atual encarnação — falou Jamar, sem pestanejar.

Raul, então, alterou novamente o aspecto do corpo espiritual, mas, antes que Jamar falasse mais qualquer coisa, virou-se e partiu para cima dos demais espíritos umbralinos, sem esperar que o amigo reprovasse ou aprovasse. Irmina olhou para Jamar, olhou para cima, num gesto de que o amigo não tinha jeito, e movimentou os ombros, dando a entender que não havia outra saída senão acompanhá-lo.

— Vá, Irmina! Vá logo e proteja aqueles espíritos dele.

Jamar diluiu-se em meio aos fluidos, pois era apenas uma projeção mental, enquanto ele próprio estava em outro local junto com os demais guardiões. Irmina, furiosa com a atitude do amigo, seguiu-o mesmo assim. Só descansaram depois que Kiev levou uma guarnição de soldados do astral, e, além disso, Veludo e Marabô foram no rastro dos dois encarnados em desdobramento, protegendo-os. Ao mesmo tempo, enfrentavam a multidão de seres desordeiros, que fugiam apavorados com medo do que ainda percebiam como um mago, que vinha sobre eles sem dó nem piedade. Quando Kiev constatou que a situação estava sob controle, aproximou-se do amigo Raul e tocou-lhe a face, descendo a mão direita até cobrir-lhe todo o rosto suavemente. Raul acordou no corpo físico, claro, furioso com Kiev, que o tirara da luta.

— Verá que não tem como me tirar assim da luta. O miserável me procura, insiste para que eu saia do corpo e me descarta assim, na melhor parte? Ora se vou obedecer...

Enquanto isso, a Estrela de Aruanda pairava sobre o prédio do STF. Sob a condução de Jamar e das guardiãs, que trabalhavam em conjunto, formou-se uma barreira, um campo de invisibilidade, dentro do qual se abrigou toda a construção. Imediatamente, o efeito pretendido por Diana se fez. Os magos e os técnicos das sombras não conseguiram mais ver nem detectar, com seus instrumentos, todo o complexo que constituía a mais alta corte do país. A Estrela de Aruanda, então, desmembrou-se em sete compartimentos — sete naves, que geralmente voavam acopladas —, e cada um circundou o edifício, tornando impossível a identificação deste pelas entidades das trevas. Na perspectiva dos magos e dos cientistas da escuridão, os manipuladores invisíveis do Foro de São Paulo, o prédio desaparecera, literalmente. Era como se tudo tivesse se transportado para outra dimensão. A partir de então, seus instrumentos não poderiam atingir a corte constitucional.

A façanha não duraria por um tempo indeterminado, pois havia limitações também para os guardiões. Mas foi o suficiente para que os magos, irados e transtornados, deixassem o local após cerca de uma hora de tentativas frustradas e inúteis a partir de então. Na sequência, um raio partiu diretamente da nave poderosa dos guardiões e consumiu todo o aparato dos cientistas e dos manipuladores no ambiente astral. O equipamento explodiu, estilhaços voaram, e, com isso, os seres que restavam da horda de espíritos imundos se retiraram, apavorados, para se reagrupar longe dali, entre expressões de ira, ódio e juras de vingança.

Entrementes, Raul concentrava-se novamente, empenhado em expandir seu pensamento, sua consciência. Leve tremor tomou conta dele, que sentiu um formigamento envolver seu corpo físico. Concentrou-se ainda mais no alvo mental e sentiu-se balançar de um lado para outro dentro do próprio corpo. Novamente, aquele som intracraniano característico, e seu corpo espiritual decolou rodopiando. Num átimo, saiu voando, levitando sobre prédios e paisagens, entre nuvens e fluidos mais ou menos densos, porém, mesmo assim, com a mente fixa no que ocorria nos arredores do Congresso Nacional. Era um pensamento fixo, um alvo mental que visualizava de maneira intensa e com vontade obstinada. Achando que estava demorando demais, pois se passaram alguns poucos minutos, Raul recorreu ao treinamento recebido dos guardiões. Parou em meio a uma velocidade alucinante, concentrou-se na amiga Irmina Loyola e desapareceu do local onde estava, corporificando-se ao lado da amiga desdobrada, junto de Marabô, que, olhando para o amigo, exclamou:

— Mojubá!

Irmina não entendeu a expressão do soldado do astral. Ficou intrigada com a petulância de Raul, mas, se bem o conhecia, ele jamais obedeceria a Kiev, por mais que este insistisse que ele fosse reconduzido ao corpo. Raul, então, piscou para a amiga e para Marabô e Veludo, para cair uma vez mais em cima dos espíritos baderneiros, que àquela altura fugiam dos demais guardiões. Os exus os seguiram, um de cada lado, e Irmina respirou fundo:

— Vai sobrar pra mim. Já sei que terei de ficar no pé dele — e rumou atrás dos exus e, portanto, de Raul também. Dessa vez, mais comportado, o agente dos guardiões conseguiu realizar um trabalho assessorado por Irmina e os demais amigos de luta, trabalhando intensamente, até conseguirem aprisionar magneticamente uma turba que parecia ser a responsável por haver evocado os espíritos arruaceiros.

Kiev observava de longe, sabendo que os exus dariam conta do seu amigo Raul, e comentou:

— Isso não é trabalho para um guardião superior. O caso dele é somente exu que resolve! — e continuaram no enfrentamento da horda, até que dispersaram os últimos dos quiumbas, os espíritos marginais que intentavam criar confusão para consumir a atenção dos guardiões, enquanto os verdadeiros obsessores tentariam burlar a segurança para entrar no recinto do STF. Tudo foi em vão. Enfrentaram o magnetismo dos guardiões sob o comando de Watab e Jamar, além das guardiãs com sua equipe, que saía de dentro da nave, a Estrela de Aruanda. Tiveram de encarar, também, a artilharia pesada dos soldados do astral, os exus, que, junto com os agentes desdobrados, conseguiram conter a turba de entidades maldosas. A batalha estava ganha, ao menos no momento.

Enquanto isso, a decisão do presidente interino da Câmara foi suspensa por ordem dele próprio — embora deixasse revolta em muitos devido ao seu absurdo —, logo depois que seus manipuladores invisíveis foram capturados. Ao longe, os magos e os demais seres que inspiravam o Foro se reuniam, pois era preciso conceber um novo lance para quando o Senado desse prosseguimento, mais tarde, às devidas etapas do processo de *impeachment* da cria do homem forte. Ella se resguardara dentro do Palácio da Alvorada, para onde já haviam se dirigido suas companhias espirituais, porém, agora, com ódio mortal dela, pois colocara em risco todo o projeto de poder duramente detalhado e construído ao longo de décadas e décadas de trabalho.

A batalha, de agora em diante, seria no campo das ideias, dos pensamentos e dos argumentos. Jamar em pessoa, juntamente com Watab, preparava tudo para receber a visita de Miguel e de Ismael, que fora convocado pelo príncipe dos exércitos celestes para vigiar sobre o destino da nação. Doravante, a situação passaria a instâncias superiores. De qualquer maneira, tudo, todo o investimento do Alto continuaria a depender da resposta humana.

— Nada mudará repentinamente — falou Jamar ao amigo guardião.

— Não temos dúvida disso — respondeu Watab, pensativo.

— Há ainda muita coisa que acontecerá, não somente aqui, no Brasil, mas em todo o mundo. Momentos graves esperam os filhos da Terra. Depois dessa batalha, virão outras, pois a filosofia política das sombras, lamentavelmente, alastrou seus tentáculos por muitos países do mundo. Logo, logo seremos chamados a trabalhar em outras nações e também aqui, na América Latina.

Os dois permaneceram em silêncio, enquanto as providências eram tomadas para receber os visitantes das esferas superiores, Miguel e Ismael. Depois de dilatado silêncio, Jamar continuou:

— Estamos apenas em meio a uma batalha, meu caro amigo. Nada de pensar que as coisas se aquietarão. Daqui a pouco, movimentos sociais, sindicatos e grupos de terrorismo social começarão sua ofensiva nas ruas, inspirados pelos espíritos que expulsamos daqui. Caso o povo e seus representantes decidam expelir do poder, definitivamente, os representantes do Foro em seu país, ainda assim será preciso considerar que o restante dos políticos e das pessoas influentes permanecerá, em boa medida, comprometido e contaminado. Ainda por cima, será necessário lidar com os que vestem toga preta, pois, entre eles, continuará a disputa velada, sabendo-se que no Supremo, tal como no Senado, há os que persistem na sintonia com os marginais do astral.

"Enquanto poderosos assim sustentam as pretensões de poder do Foro, inspiram os membros a continuarem agindo sorrateiramente, de maneira criminosa, assassinando nação após nação por onde lograrem se instalar os integrantes. Esforçam-se para disfarçar seu bolivarianismo de democracia, pois sabem que sua política de viés socialista-comunista não é boa o suficiente para se mostrar sem máscaras. Não poderia ser diferente após mais de 100 milhões de almas em todo o mundo haverem tido a vida física ceifada violentamente, entre tantas atrocidades mais praticadas a mando do próprio governo, em vários países. Tal é a consequência dessa política inspirada diretamente pelas trevas mais profundas e pelas sombras da noite mais densa; uma lição que a história não deixará esquecer."

— Enfim... — falou Watab, enquanto Irmina e Raul chegavam próximo aos guardiões superiores, juntamente com os demais. — A luta não terminou. Estamos apenas começando a faxina! — e os guardiões colocaram reticências em suas observações. Nada de ponto final por ora...

REFERÊNCIAS BIBLIOGRÁFICAS

BÍBLIA. Português. *Bíblia de estudo Scofield*. Tradução Almeida Corrigida Fiel. São Paulo: Holy Bible, 2009.

____. *Bíblia em ordem cronológica*. Nova Versão Internacional. São Paulo: Vida, 2013.

PINHEIRO, Robson. Pelo espírito Ângelo Inácio. *A marca da besta*. Contagem: Casa dos Espíritos, 2015. O reino das sombras, v. 3.

____. Pelo espírito Ângelo Inácio. *O agênere*. Contagem: Casa dos Espíritos, 2015. Crônicas da Terra, v. 3.

____. Pelo espírito Ângelo Inácio. *O partido*: projeto criminoso de poder. Contagem: Casa dos Espíritos, 2016.

____. Pelo espírito Estêvão. *Apocalipse*: uma interpretação espírita das profecias. 2. ed. rev. ilustr. Contagem: Casa dos Espíritos, 2005.

OBRAS DE ROBSON PINHEIRO

PELO ESPÍRITO JÚLIO VERNE
2080 [obra em 2 volumes]

PELO ESPÍRITO ÂNGELO INÁCIO
Encontro com a vida
Crepúsculo dos deuses
O próximo minuto
Os viajores: agentes dos guardiões
COLEÇÃO SEGREDOS DE ARUANDA
Tambores de Angola
Aruanda
Antes que os tambores toquem
SÉRIE CRÔNICAS DA TERRA
O fim da escuridão
Os nephilins: a origem
O agênere
Os abduzidos
TRILOGIA O REINO DAS SOMBRAS
Legião: um olhar sobre o reino das sombras
Senhores da escuridão
A marca da besta
TRILOGIA OS FILHOS DA LUZ
Cidade dos espíritos
Os guardiões
Os imortais
SÉRIE A POLÍTICA DAS SOMBRAS
O partido: projeto criminoso de poder
A quadrilha: o Foro de São Paulo
O golpe

ORIENTADO PELO ESPÍRITO ÂNGELO INÁCIO
Faz parte do meu show
COLEÇÃO SEGREDOS DE ARUANDA
Corpo fechado (pelo espírito W. Voltz)

PELO ESPÍRITO TERESA DE CALCUTÁ
A força eterna do amor
Pelas ruas de Calcutá